# 稿本隨園詩話

〔清〕袁枚　著

浙江古籍出版社

圖書在版編目(CIP)數據

稿本隨園詩話 /（清）袁枚著. -- 杭州 : 浙江古籍出版社, 2023.6

（宛委遺珍）

ISBN 978-7-5540-2573-4

Ⅰ. ①稿… Ⅱ. ①袁… Ⅲ. ①詩話—中國—古代 Ⅳ. ①I207.22

中國國家版本館CIP數據核字（2023）第068171號

宛委遺珍

# 稿本隨園詩話

（清）袁　枚　著

出版發行　浙江古籍出版社
（杭州市體育場路347號　郵編：310006）
網　　址　http://zjgj.zjcbcm.com
責任編輯　沈宗宇
封面設計　吴思璐
責任校對　吴穎胤
責任印務　樓浩凱
照　　排　浙江時代出版服務有限公司
印　　刷　浙江海虹彩色印務有限公司
開　　本　710 mm × 1000 mm　1/16
印　　張　13.75
版　　次　2023年6月第1版
印　　次　2023年6月第1次印刷
書　　號　ISBN 978-7-5540-2573-4
定　　價　198.00圓

# 前言

《隨園詩話》的傳世版本，以清乾隆五十五年（一七九〇）至五十七年（一七九二）小倉山房自刻《隨園三十種》本、清同治五年（一八六六）三讓睦記刻《隨園十三種》本爲主要源頭。中華人民共和國成立以來出版的若干標點本，亦是據上述刻本整理而成。這就決定了我們現今有關《隨園詩話》的認知，實際上是基於流行刻本而來。雖然當時或後世也産生了諸如梁同書《隨園詩話摘鈔》、梁懷興《隨園詩話摘艷》、婁舉愷《隨園詩話削繁》等鈔本，但均爲刻本的衍生品，據以考察《隨園詩話》的傳播與接受則可，若欲通過它們來研究《隨園詩話》本身，則畢竟隔了一層。

如今，天津圖書館藏《隨園詩話》稿本的浮出水面，將大大拓展我們有關《隨園詩話》的認知。此《隨園詩話》稿本的原藏地並非天津圖書館，而是泰州新華書店古籍部。這從該本正文末尾鈐印，即可獲知。據潘榮生先生《今鈔本〈隨園詩話稿本〉述略》一文，可知此《隨園詩話》稿本實際上包括原稿本與今鈔本兩個本子。前者即入藏天津圖書館者，後者係『江蘇省泰州市新華書店上世紀七十年代初傳鈔』，且據潘先生介紹，今鈔本較之原稿本，已然發生了若干版本變異。兩相比較，顯然原稿本是更可靠的研究依據。

觀原稿本封面，從左到右，有『袁子才先生舊稿本』『儲杏坊珍藏』『窺見一斑』之字樣，並且有『詩中畫』

『杏坊』『儲賜錦印』等鈐印。至於其書之來歷，可從卷首晚清人儲筱芳之題跋中獲知。相關文字説：『道光廿七年，予隨先君館金陵，偶遊隨園。爾時園已荒廢，行至小閣東隅，見故紙堆積。先君素惜字，命予檢拾。細閱之，乃先生所刊行世詩之親筆稿也。其字古雅腴潤，涉筆成趣。先君如獲至寶，因依刻本分顛末，匯訂一本，除底面九十八頁，珍藏之。』此處所謂『先君』，應即封面顯示的『儲賜錦』或『儲杏坊』，亦即儲筱芳之父。又卷末佚名跋語云：『是卷爲儲君筱芳隨其尊人遊隨園所檢。予在邗交筱芳久，出以見示。』可見這個《隨園詩話》稿本，應係道光二十七年（一八四七）儲賜錦前往江蘇江寧府坐館期間，偕子儲筱芳遊玩袁枚舊居隨園時，在園内小閣發現的袁枚舊稿。至於二人的籍貫，或即跋語所云『邗』，也就是當時的江蘇揚州府。又，根據該稿本原藏泰州新華書店古籍部這一情況，可推知二人可能籍隸揚州府下轄泰州，因爲泰州本就是儲氏家族的聚居地。這從《江蘇藝文誌·揚州卷》所收儲姓人士，幾乎悉數收於『泰州』部分的情況中，便可得到印證。

進一步比對《隨園詩話》稿本與刻本，可知二者的差異極大。

首先是所收條目的數量差異。《隨園詩話》刻本的正編部分凡收一千三百六十七個條目，補遺部分凡收六百三十六個條目，合計兩千零三個條目。《隨園詩話》稿本由於殘佚甚多，所以僅有約二百九十八個條目，但竟有七十餘條不見於刻本，占比已然接近四分之一。其中固然包括若干與詩話主題無甚關聯者，如第七十六條云：『顧寧人先生讀書未見鄭夾漈，交友不交毛西河，自是此老一生缺事。』但大部分仍可視爲論詩文字。不過無論如何，這部稿本都可謂今後整理袁枚集外作品的一大重要來源。

其次是條目編排差異。稿本卷首儲筱芳題跋提到：『先君如獲至寶，因依刻本分顛末，匯訂一本。』然而證之稿本與刻本，可知儲賜錦即便真的做了『依刻本分顛末』的工作，也是十分有限的。據筆者初步清點，二者内部條目編排順序一致的板塊，最多不超過六條。如稿本第一百七十條至第一百七十五條，依次對應於流行刻本卷七的第六十六條至第七十一條；稿本第二百三十條至第二百三十五條，依次對應於刻本卷九第八十二條至第八十七條；稿本第二百七十三條至第二百七十八條，依次對應於刻本卷八第七十八條至第八十三條。若以刻本爲基準，則稿本條目編排堪稱錯亂紛出。如稿本第一百三十條至第一百三十四條，依次對應於刻本卷三第三十七條、卷十第八十五條、卷三第三十八條、卷十第八十六條、卷四第七十五條，其間竟無一條互爲連屬。

再次是文字差異。去除稿本獨有的七十餘條，則稿本與刻本間文字相同或基本相同者不足十條。而稿本其他二百一十餘條，較之流行刻本均有或多或少的文字差異，有的甚至存在巨大差異。如稿本第八十一條云：

周吏目玨，字其相。《詠落花》云：『鶯從此日空啼樹，人到明朝懶上樓。』《贈隨園》云：『南國至今悲賈誼，爲他偏值聖明時。』皆温柔可愛。

相近内容又見於刻本卷十三第十五條，曰：

蘇州周鈺，字其相，相遇於江雨峰家，蒙一見傾心，每過蘇州，必主其家。家道甚豐，而性嗇且傲，卒無子。以葬親故，墜水死。見贈云：『零亂花飛又一年，思君時問北來船。隨園清夜三更月，應照幽人獨自眠。』『空吟場藿白駒詩，往事傷心不可思。南國至今悲賈誼，爲他偏值聖明時。』《詠落花》云：『鶯從此日空啼樹，人到明朝懶上樓。』

兩相比照，稿本只是介紹了『周玨』的職務與字，隨後羅列了他的兩聯詩句，並給出一個『温柔可愛』的點評，整段文字顯得甚爲簡約。刻本則繁複得多，一方面將『周玨』修正爲『周鈺』，另一方面又補充了此人的籍貫、性格、家境、結局乃至與袁枚的交往等一系列信息，並且也摘録了其更多詩句。由此，刻本對稿本的修改幅度可見一斑。

《隨園詩話》稿本雖然僅以殘帙形式存世，但其研究價值依舊相當可觀。擇其犖犖大者言之，主要有如下數端：

第一，稿本包含的相當多信息，是刻本乃至若干其他典籍所不具備的，可供考據之用。如刻本卷九第一條提到：

白下布衣朱草衣，少時有『破樓僧打夕陽鐘』之句，因之得名。晚年無子，卒後葬清凉山。余爲書『清故詩人朱草衣先生之墓』，勒石墳前。余宰溧水，蒙見贈云……

稿本中與之相對應的是第一百一十七條：

白下布衣朱卉，字艸衣，少時有『破樓僧打夕陽鐘』之句，因之得名。晚年無子，有一女嫁許秀才。詩已付梓刻板，聞爲婿所賣，不知流落何所。墳在清凉山左側，余爲書『清故詩人朱艸衣先生之墓』十字，勒石墳前。余年二十七，補官江寧，與交甚歡。後宰溧水，蒙見贈云……

兩相比照，稿本的信息量顯然比刻本多得多。其中的一系列信息，如朱卉之女所嫁之人爲『許秀才』，其詩集『爲婿所賣，不知流落何所』，其墳墓位於南京清凉山的『左側』等，非但《隨園詩話》刻本未曾提及，就連《嘉慶新修江寧府誌・流寓傳》《民國蕪湖縣誌・人物誌・流寓》《盋山誌》《雪橋詩話續編》等其他叙寫朱卉生平的典籍，亦未見載。可以説，稿本的這段文字乃考察朱卉生平的獨一無二的珍貴材料。

第二，稿本所含大量文獻資料，可供輯佚與校勘之用。就輯佚來説，最顯而易見的自然是七十餘條不見於刻本的詩話條目。此外，稿本引録的很多詩人詩作亦不見於刻本，甚至不少詩人並無別集傳世。如前面提及的周鈺，即未見於《清人别集總目》與《清人詩文集總目提要》等。又若干詩人雖有集存世，但稿本記載了其集外之詩。如錢孟鈿有詩集《浣青詩草》存世，而稿本第二百一十九條所録其五言詩句『落葉馳歸夢，高雲壓斷鴻』，以及七言詩句『風雨欲來愁半掩，音書初寫記頻挑』，既不見於《浣青詩草》，亦未載於《隨園詩話》刻本。諸般種種，均爲輯録清詩佚作之源。

再就校勘而言，典型的例子爲稿本第四條所載鄭板橋事。相關文字説：『興化進士鄭板橋作宰山東，與余從未識面。有誤傳余死者，板橋大哭，以足蹋地，曰：「又失一讀書種子矣。」余聞而感焉。後十年，與余相見於盧雅雨轉運席間，不覺彼此大笑。板橋言：「天下雖大，人才屈指不過數人。」予故贈詩云：「聞死誤拋千點淚，論才不覺九州寬。」』稿本該條對應刻本卷九第七十四條，文字頗有出入。其中最關鍵的差異在於，稿本的『後十年』，刻本作『後廿年』。按，此條所載袁枚贈詩即《小倉山房詩集》卷十四所收《投鄭板橋明府》，繫於乾隆二十三年（一七五八）。潘榮生先生認爲，若據刻本所云，『逆推二十年，爲乾隆三年，其時鄭板橋尚未「作宰山東」』，故而應以稿本『後十年』爲是。

第三，比對稿本與刻本，可據以考察袁枚修改《隨園詩話》的方式與過程。其中的若干修改，堪稱意味深長。如稿本第四十四條云：

樊榭先生教人：『古風須學李、杜、韓、蘇四大家，近體須學中、晚、宋、元諸名家。』或問其故。曰：『李、杜、韓、蘇，才力太大，不屑抽筋入細，近體實非所宜。』予謂斯言實有所見。惟少陵五律工夫甚深，未嘗不入細也。

該條對應於刻本卷七第九十八條，曰：

余嘗教人：古風須學李、杜、韓、蘇四大家，近體須學中、晚、宋、元諸名家。或問其故。曰：『李、杜、韓、蘇，才力太大，不屑抽筋入細，播入管弦，音節亦多未協。中、晚名家，便清脆可歌。』

兩條内容看似接近，實則大相徑庭。在稿本中，袁枚原原本本地揭出這段詩論乃語出厲鶚，並一方面對厲鶚的觀點大體表示贊同，另一方面又對厲鶚有關杜甫五律的論斷提出自己的看法，可謂形成袁、厲二人的隔空對話。然而在刻本中，袁枚乃徑直將厲鶚的論詩語據爲己有，並且爲了照顧上下文氣之順暢，又隱去了自己有關杜甫五律的不同看法。他的這種做法，不能不讓人感慨：『關於《詩話》「造言欺人」之譏，並非空穴來風。』

總之，天津圖書館藏《隨園詩話》稿本反映了這部詩學名著的一個比較早期的形態，其中包含了大量刻本所無，或與刻本大相徑庭的文獻信息。不論是勾稽考證相關清代詩人詩作，還是探究《隨園詩話》自身的形成過程，抑或考察袁枚詩學思想等，它都將起到不容忽視的作用。如今浙江古籍出版社影印出版這部稿本，洵爲清代文學研究界的一樁盛事，期待有更多學人關注該書，從而使其在清代文學研究領域發揮更大的作用。

夏　勇

二〇二二年十二月七日於杭州電子科技大學

# 目录

據天津圖書館藏稿本影印

原封面

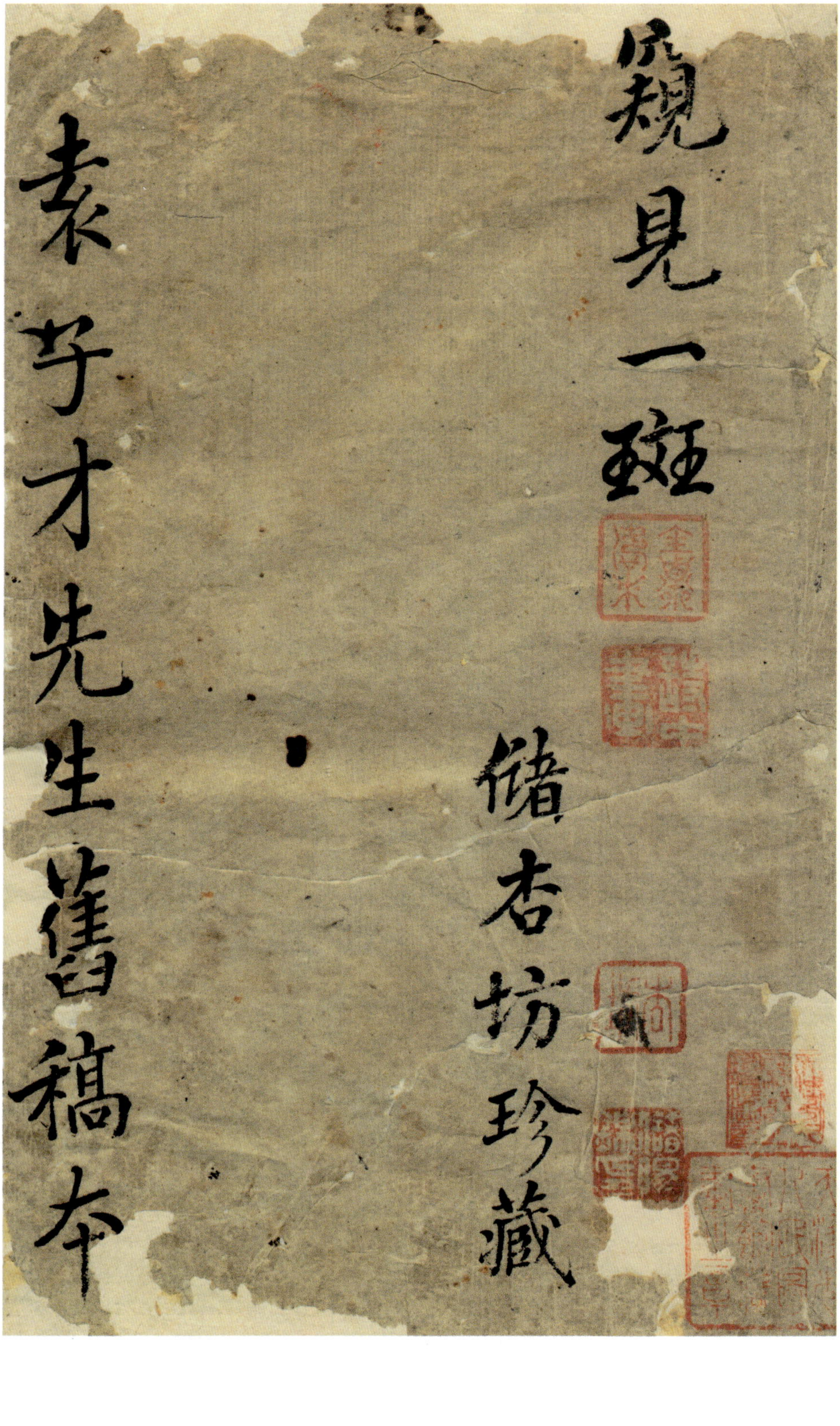

隨園先生江浙之才人也詩名徧天下名公鉅卿甚
重之惟墨蹟罕見予曾讀先生詩句学书未就
求人苦豈真不善書耶抑亦不輕书耶道光廿
七年予隨先君館金陵偶游隨園尔時園已荒
廢行至小閣東隅見故紙堆積先君素惜字
命予檢拾細閱之乃先生所刊行世詩之親
筆藁也其字古雅股潤涉筆成趣先君如
獲至寶因依刻本分類彙訂一本除底
面九十八頁珍藏之及先君沒後父執數人
有以古畫易者有以古书易本並有願以重

價購去予皆笑而卻之非固執也實因先君
手澤不忍輕棄且兵燹後隨園已成灰燼此
本墨寶乃世所絕無而僅有也予晚年喜
讀詩話手行篋不時翻閱光緒八年秋有
契友借觀越兩月始方歸頗費曉舌今
書數行于簡端當與竹簡敬謹珍藏
先人手澤才人墨寶願子孫共守之

壬午十月朔日小坊氏親筆
書于邗上之館舍

吴下人多奉何義門先生如山斗。其門人蔣子遵抱持其師批點書以爲秘本。予在京師時甫二十，意頗不以爲然。蔣大怒，以爲少年無知。予亦不與校。已而見余批點文選、唐詩，乃嘆曰：足下再來人也。出其所收藏秘本，與予同者十之七。

己未同年葉書山太史，晚年掌教鍾山，年逾七十矣，聰强不衰。生平專心經學，而尤長于春秋，嘗稱啖助、趙匡不足多也。註毛詩佻兮達兮一章爲兩男子相悅之詩，人多笑之。然偶作詩句，頗有性情。出都云：行年七十古來稀，東馬嚴徐事已非。檢點良方醫老病，所須藥物是當歸。白石清泉故自佳，九衢車馬漫紛拏。欲知此後春相憶，只有豐臺芍藥花。行色匆匆雪影斜，騎驢猶憶入京初。纔一劍酸寒甚，今日歸裝有賜書。

壬戌歲余以翰林外出為令小住金陵王以呂太史家過庚戌進士戚晴川太守相與言書生初任外吏之苦參見長官不慣屈膝匆遽間反致聲響因戲吟云書銜筆慣字難學跪膝忙時有聲聞者無不大笑戚公自吟其宿承恩寺句云瓦溝落月印孤榻檐隙射風吹短檠殊覺冷峭

興化進士鄭板橋作宰山東與余從未識面有誤傳余死者板橋大哭以足蹋地曰人失一讀書種子矣余聞而感焉後十年與余相見于盧雅雨轉運席間不覺彼此大笑板橋言天下雖大人才屈指不過數人予故贈詩云聞死誤抛千點淚論才不覺九州寬板橋深于時文工畫詩非所長然其佳句云五更上馬披風露曉月隨人出樹林奴藏去志神先沮鶴有飢容羽不修

殊有風致板橋好外寵常言欲工疏政中丈辭為管北月間者無不大笑

癸卯前輩戴雪村先生以學士受知世宗行將大用矣乙卯典試順天科場事為忌者所傷落職家居予寓江寧時常往謁見其飲酒如長鯨吸海以此成疾而亡記其沅州南寺立秋云沅州秋信悄然生旅思無煩雁到驚月落尚餘山桂白露零先着海棠清夢知蝶不離叢靜覺塔都就畫極愧是工方的日往禪觀消未遣徵情鎮遠府云泉脈自來簷可接簷端時暝雨旋驚只愁歸說入難信安得吟成更盡成

福建郭起元字復堂為蔡文勤公高弟子蔡氏有家禍訟官復堂為受三木矢口無異詞蓋以理學而兼豪俠者其贈方南堂云一瓢自可輕千乘三徑還堪抵十洲比舍云烏衣香出紅窗外御柳聲喧綠樹邊予從前未久而忘之錄為補記之

飄字疑誤

舒城任自舉學坡為莊念農明府記室雅好吟咏一日邀相与見未數語莊公出笑曰韋而先生大賞袁公詩者余訪莊公聞書齋中高唱拍案細玩之乃余詩也以其大罵則奈何余亦大笑其甚後任亦莊公署中伏睨時口號一律別觀友云六句失宋下蓬瀛今日才欣遇玉京宜以聰明還造化但憑湛根收拾平生花當春盡之辭樹鳥際冬殘合羅聲見說群仙争杭手遲余愛代主蓉城

合肥令李方膺晴江工畫梅竹傲岸不羈以忤廬州太守罷官与余交好寓江寧項氏花園日与沈補蘿及余三人遊覽名山市人觀者號三仙出洞臨死手書行狀託余志墓狀中言任河南時不肯虛報開墾忤總督王士俊得罪今上登極起雪用之亦奇男子也不

工詩而嗜畫諸作已見大貫梅云雪梅未必合時宜
莫怪花前落墨遲觸目橫斜千萬朶賞心只有
兩三枝秋葵云蕭瑟風吹承卷長采衣非復舊時黃
到頭只覓君恩重不改傾心向太陽
常熟令許銅余戊午科同年鄭迎齋先生門下為人
醇厚有古人風過隨園見贈四律予糊壁間為梅雨
所壞將向芝田訪其舊稿而君亡矣僅記二句云千
尋高嶺梅如雪下有鴻儒正註經
奉天李烱字再來與許為兒女姻親亦出鄭公門下雖
官武職頗擅風雅好吟咏其遊燕子磯五律八首為
一生之冠其住句云僧閒孤鶴立雲靜一峰尊月上亭
添影舟移水作聲
江寧人方雅人少予最愛故工游令方家儀綺亭

先生。瀆于耳而聰于心。與人言必大聲高呼。諧謔百
出。而一本于天真。殆夫子所稱善人歟。其辭官歸里云
三年政罷喜忘機。老去仍思竹裡扉。携取清風隨棹
去。添來白髮污頭歸。不妨琴鶴為行李。那計妻孥
說是非。力倦眼昏貪穩睡。慢傳高尚遂初衣。
余十二歲赴童子試。錢塘令為秦公諱圻者以神童目之。面
試為文。見二公子約八九歲也。後四十年長公子名埜字復
山者來宰當塗。有人誦其登陶湖樓句云。江潮暗湧鐘
聲去。山翠低含塔影浮。過此水方行人。此日總衣白秋
水長年愁。
臨潼楊鸞子安與余己未同年。而不甚浹洽。丁丑過白門
見訪。適余在姑蘇。不得一見。歸後見案上有詩一冊。詠菊
云。秋來真負菊花期。今日高齋乍見時。瘦影似憐開較晚。

微香恰與冷相宜重陽過後無佳節彭澤歸來有夢思擷得餘英還自笑明年知否在東籬雪霽云寒瘦自情性苦吟工未能晚晴窓上日先曬硯池氷又聞砧云滿院苔痕合重門樹影深俱妙

金壇史進士梧岡先生深于禅理常為余言修行無他慕只求免入輪回省認世間無数爺娘也是一大快事是盖有心要圖釋梵天王位者豈屑作詩哉然詩筆殊妙其五言二首云一峯雨峯陰三更四更雨冷月破雲來白衣坐幽女栗々秋乾風蕭曠野無巳橋孤朽柱搖落日動寒水何幽冷至此耶秋日送人云竹閒村酒勸微醺甘苦天涯我對君野寺客中孤送客夜深扶病看秋雲

余宰江寧時所賞識弟子，如秦澗泉、龔雲若、涂長卿俱登科第，而流落不偶者，惟車靜年與沈瘦岑耳。沈工古文，素不為詩，而車詩有可誦者。如南河道中云：「三月春陽淡不濃，老冰如石潄寒風。蹇驢覓路人家遠，日暮山坳虎眼紅。」農家云：「築塲如鏡草堆山，遶屋黃花映碧潭。閒倚茅簷看客過，南人北去北人南。」

乾隆元年，予詞科報罷後，李（字玉洲）麟先生招為車笠之會，共十三人。最長者為曾君洛裡，年已五十餘矣。次沈椒園、結少儀、李寧人三觀察。最少者諸長君秉政也。後三十年，諸君零落殆盡。忽曾君來，方知為嵇文穆公以耆士薦，欽賜進士，官至學士。年雖九十，而聰強如初，真異人哉。在至普德寺訪秋，有「涼蟬聲漸偃，老檜色全蒼」之句。授余服何首烏方。余嬾于眷生，尚未試也。曾自言少時与曾亮……是魯……

叔曾亮儕觀察乞好能舞劍尊謂所謂陳元龍湖海之士豪氣未除者

丁卯春予過蘇州曾家巷唐靜涵家主賓相得嗣後凡買花訪妾之事皆託料量吏硎鄧尉遊必今舟八也有豪氣精食品就之每至吳門必主其家如雁公之于司馬徒操不知誰為主客也丁酉歲病卒余哭以絕句今存集中靜涵有花朝前韻云薄醉微吟卷歲華春寒十日掩窗紗多情昨夜樓頭雨吹出滿墻紅杏花其少子七郎寄余詩下咏落花云零落嫣紅歸不得楊花相約過隣家予為擊節不已

靜涵有姬人王氏美而賢每聞余至必手自烹飪先數年亡余挽

予過虎邱望遠樹疑為塔共及近方知其樹偶讀同年高輸延司馬詩云平疇見臺隨成嘯遠樹看疑塔露頭方知眼前情景無一不被詩人收拾

聯 添薪心傷元相貧時婦為誰截髮賜斷陶家埜土窗

王孟亭太守為樓村先生之孫。以詩自雄。少所許可。丁卯年。予宰江寧。聘修志書。嘗言樓村先生教人作詩。以三山為師。一香山一義山一遺山也。先生又云。予有從子嵩高字少林者。少年倜儻。論詩不服隨園主人。為誦其大梁懷古云。搖落偏驚旅魂。秋風回首眺中原。三花樹色開神岳。萬里河聲下孟門。形勝鬱盤終古在。英雄慷慨幾人存。信陵策士俱黃土。獨有侯生解報恩。

張四科哲士。本陝人。而行鹽業于揚州。詩筆淡遠。有韋柳遺風。與嘉興蔣秋涇、吳江王戴揚二詩人交好。蔣尤自負。作遊山一首。程魚門夸為小謝。勃然怒曰。分明大謝。何小之有。在邗江留別哲士云。竟挂秋帆決計行。閑心天末倚閨情便歸只好留三月浪跡無端已半生人世乘除蒼狗幻名山期許白頭成殷懃相屬還相慰愁聽西風鴈一聲哲士懷之云戀友心空切寧親去敢遲綫為三夕別已是百回思避日簾仍下追涼榻未移不知江上路秋暑可曾衰哲士月夜作云露濃星淡淨餘昏竹裡高吟置一尊恐有閒人能見訪滿亭(庭)涼影未關門

中州李竹門侯補主簿過隨園見贈云園在六朝山色裡一笻先要問高臺碧梧葉響秋將至紅藕花香客正來芳草徑隨闌曲折籜冠人免鳥疑猜因君氣味芝蘭假幾鬥茶盃未肯回人生出處總難論畫正長時肯閉門譜盡梅花真有福吟殘紅豆最消魂暫辭北闕成高卧久別西湖

似少恩占得隨家園子好詩情半在謝公墩其詩頗清惜
年甫三十而卒余尤愛其咏鞭一句云一事思量最惆悵
郊外閒步云山勢趁潮多北向人心如雁只南飛
不能行到祖生先
蕪湖施長春旻郎少年美貌有衛叔寶之稱余宰江寧時
秦淵泉秀才屢為致意云將渡江執弟子之禮已而病亡乃
誦其上冢歌云白楊樹城東路野草萋萋人處挈榼提
壺出郭行可憐今日又清明富家家高高傍嶺貧家家低
低亞畛冢中貧富人不同一樣酒澆不能飲暝烟慘淡日
西斜挈榼提壺還返家一線陰風旋不定紙錢飛上棠梨
花又夏夜懷人云謝家兄弟雙如玉邀我納涼襟抱舒月
挂屋角不肯去出城往往三更初不分關山行行天涯

溽暑侵人酷，烟廊月榭近如何。一樹梧桐夢中綠，予賦詩哭之，載在集中。

蘇州楓橋西溪塘有余本家漁洲居士，為前明六逸之後，愛客能詩，家有園，水木明瑟。余為作記，鐫石壁間。每過姑蘇，必泊舟塘下，與其叔春鋤三人為剪燭之談。漁洲有新柳一律云：二月韶光媚，春風嫩柳條。含烟和作態，浥露不勝嬌。腰細難舞，眉疎淡欲描。手神為誰並，好女作垂髫。

吳門顧宗泰星橋，詩才書法清逸等夷，家有月滿樓，藏書萬卷，海內知名之士，無不交接縞紵。予嘗稱為今之鄭當時。中進士後，朝考第一，竟不得入翰林，豈非命耶？記其迎鑾召試，將抵龍潭，賦一律云：微風緩緩送江聲，最好龍潭道上行。碧柳數叢堪作障，青山一半不知名。閒情轉向鑾中得，幽景偏從客裏生。晚覓茅齋投一宿，花前試看酒旗輕。

華亭趙文哲損之，于吴下七子中詩筆最健。丁丑以迎鑾召試，與吴君竹嶼同過隨園，飲海棠花下。愛誦余「無情何必生斯世，有好都能累此身」一聯。余亦抄渠《池館小集》一首云：「遠岫逗華月，深林烟鶴鳴。偶偕素心侣，共適濠梁情。風竹晚初寂，露花寒更清。何當采芳芷，遥夜泝空明。」從此别後，聞其以中書從温將軍死難金川。西征（在途中）之詩，尤為警拔，惜未見也。

余知江寧時，吴樸元理來應童子試，年才十三，舉止端肅。因喚入署内，賜以果餌。邑（旋即入泮）中名宿沈瘦岑聞而以女妻之。嗣後十餘年不復相見。一日者，于岳水軒席間，詩人李晴州告予曰：「元理秀才近日文學（詩）日佳，比其外舅，駸駸欲度未[illegible]來[illegible]外生[illegible]余二[illegible]蓍呈句云陶令無官逼刺易崔儒有室入门難又日傍有其人應又待我生雖晚未蘩

夢湘詩重原秀才同申拔貢生子喜賀之以詩云人夸

驊騮前矣因誦其迎秋一首云碧天霭霭暮山晴一片秋心趁月明暑退漸教葵扇棄風高已覺葛衫輕繞堦草色籠烟淡隔樹蟬聲咽露清為讀離騷更漏永幽蘭時有暗香迎

予以紫玻璃鑲窗一時咏者以太倉秀才聞益省謙為佳詩云一天花氣鏡邊浮朵朵晴霞入望收檻外電光何處雨山中暮色最宜秋昭容袖弱雲垂幕漢殿烟銷月浸樓好是蒲萄新酒熟玉簫聲裡唱梁州和生夢湘咏海棠亦有句云隔着紫玻璃一片夕陽紅得可憐生

江寧高廟僧亮一工栽菊能使月月有花真奪造化之巧

庚辰秋席武山別駕招余同蔣用菴侍御姚雲岫觀察同往賞花

箱湜居门
下我道班
揭在意中

用菴分得有字其詞云天地之大何不有造化乃出山僧
手山僧一手種菊花〻高十尺大如斗四時羣卉逓凋殘僧
寮月〻如重九石頭城外普陀菴相思半載游終夏初冬
鬚八〻多鬚武山第折簡招盍簪花下中山酒座客呼僧相瞪眙
問訊神方乞誰某僧云我絶勘師傳蘊崇祗在三時厚料寒
暈燠細鋤泥剔穢芟蕪重縛帚雨無苦濕晴無乾如期各
有神明壽此言雖小味良深士夫身世宜遵守我更低回
有所思所思請為諸公剖萬物從來栽者培枯菀紛〻都
自取東風桃李劇芳妍此時可葆穠華否十户中人詎等
閒一叢深色旋衰醜經得氷霜受得春畢竟花身能耐久
坐中聽者大軒渠花亦從旁如點首街鼓催人月到窓籃

輿還帶餘香去

上元有任東白者哭望溪先生少子方行之云此日曾無杯酒奠夜臺應諒故人貧陳古魚為予誦而傷之未幾任亦死

余嘗謂闒防二字見隋書酷吏傳原非作官者之美名故知江寧時記室史正義莒湄時有樊川狎遊予愛其才而不禁也記其南歸留別得青字云浪跡深慚水上萍漫勞今夜餞郵亭鬢從父客無多綠燈入離筵分外青海國歸飄隨候鴈天涯知已嘆辰星何時載得蘭陵酒重向紅橋共醉醒又酒沽雙屐雨人坐一庭烟亦佳句也

周舍人青原有秋蟲一聯云宵燈稚子相尋慣孤館愁

人不滿多，予甚愛之。

六安秀才夏寶傳，生而任俠，出雅雨盧公門下。盧謫戍軍臺，時僮僕無肯隨者，夏獨奮曰：我願隨先生出，竟策馬出塞。三年後，與盧全歸。盧再任轉運，為捐學正一官，所以報也。程魚門題其集中云：磨刀求作水，燒客火為衣。盧路中亦有句云：手僵嘗散鬱，淚凍不沾衣。皆可想見塞外之苦矣。乾隆庚子科，以年過八十，欽賜舉人。陳古漁贈句云：白首鄉榜無消息，一紙天書有姓名。

二十年前余山居無事好烹茗設飯請朱艸衣陳來請
人作句今艸衣亡矣存者陳古漁周蔘衣二人耳高踏青書
感云花當極盛愁風雨詩到千名失性情世事難
憑原幻境人生易散是懽場韓泗芳感懷云交到
鄭莊方是俠遇非智伯不酬恩周誦魯晨村春日偶
成云花怯曉寒思就日柳牽春夢欲依人病暑
云官舍松筠潤似我姿天几席熱于人

香亭弟偶吟一二語有往往如吾意所欲出者真不愧吾
家阿連也三十年前訪妾北蘇所稱虎封者不過一二
星耳今動至兩許香亭過吳門云鸞肉近日鬢花枝一百
兩渥頭費莫支爭及當年吳市裏一錢傳許看
西施又消夏襍咏云科頭赤脚猶嫌熱一領蕉衫尚
覺多不信熱官人不熱紅燈圍着聽笙歌

南史言阮孝緒之门閥諸葛璩之學術使其好仕何
官不可為乃各安于隱退豈非性之所近不可强施
近今吾見二人焉一為尹文端公第六公子似村一為傅
文忠公從子我齋似村以一秀才閉戶吟詩已付梓矣
我齋雖現官侍從而意思蕭散不以榮利為心朱磊
峰從鄉中來誦其環溪別墅詩云將當官隱稱時
吏未老先衰號半翁又曰拄笏看山真是處移文到
我恰須删又曰禾黍縱少寧空長花果雖微也要除
心眼豁然無害焉此中真乃是吾廬
蘇州顧祿百注匠门先生外孫也晚年不遇為婦愚先
生權記室凡先生酬應之作皆祿伯司之咏紅葉
云秋樹忽春色曉山皆暮霞為人所傳頌余嘗
嘆陸放翁臨終詩猶望九州恢復而終于周之家破
祿百亦有自云散闕鐵馬平生願愁絕他年家祭

詩

蔣心餘太史居金陵時除夕夢與余登清涼山得句云三春花鳥空陳迹。六代江山兩寫幽。聞山寺鐘鳴擲筆而寤。

丙戌三月余過揚州訪汪可舟適其將楚行矣。過後汪寄詩云。正擬尋君過白門。不會偕杜高軒過。李在門行。春風兩慰經年別。夜雨心違片刻言。未及短篷留。信宿猶賸中弱鎖。黃昏如雲。聚散尋常事。獨欠燈前酒一尊。

唐人詩曰欲折垂楊葉。回頭見鬢絲。又曰久不聞明鏡多。應為白頭。皆傷老之詩也。不如宋人慰老之詩曰勸君莫惱鬢毛斑。鬢到斑時也自難。多少朱門年少子。被風吹上北邙山。又元微之詩曰。死是等閒生亦得。更將何事奈吾何。雖不得已而故為曠達語。

然誦之亦差強人意。

有新進少年。忽據要路。炙手可熱。舊時勛貴。意不能平。題園中桃樹云。不信小桃春雨足。居然紅壓滿園花。

長洲女子陶慶餘。嫁大司馬彭公第三孫希洛。年二十二而亡。有瓊樓吟行世。詠鸚鵡云。一夢喚回塵社稷。千秋留得漢文章。婦去云。從汝去長青苔。小欄香消夢。回不覺蹤。簾揺樹影。春風誤認摘花來。

江寧吴抱雪。就幕南昌。請乩仙書詞一闋。有降壇者。且云余南唐貴嬪衛氏名芋。金陵人也。與吴君同鄉。故降神于此。三十年後。當仍于吾鄉相見云。此雍正甲辰秋事也。乾隆癸酉春。江寧紅土山掘地得古墓。見一石碣。上書呈唐貴嬪衛氏之墓。笑大駭。亟具牲酒拜而掩之。其詞云：一丘黃土埋沒了多少英雄豪傑。何況海棠春雨後。零落胭脂紅濕。玉匣霜寒。珠襦月冷。有淚。如何泣。清猿啼夜。猶似鶯聲嗚咽。本不恨采雲散。只傷神州金甌平地缺。故國雲沉。離宮人絕。空有杜鵑啼血。影探漆火千年。更向誰說。

己卯秋。余在揚州。過吾鄉萬近蓬秀才。出紅袖添香圖見示。中敘花娘一段因緣。題者數百人。予只賞杭。州吳玉墀絕句二首。載之詩話。尚不知吳為何許人也。辛丑秋。忽有浙中校官。為南巡盛典事。奉大府命。送文書來金陵。蒙其見訪。名紙上書吳玉墀三字。余驚喜出迎。方知是吾鄉

赤崖先生之少子，鷗亭居士之季弟也。予己未
年乞假歸娶，飲于鷗亭家之瓶花齋，其時小谷
才四歲耳。見贈四律，第一首云：園林年契卅年餘，
今日真來大隱居。修贄忙于投要路，款門忙比訪奇書。
相看共訝眉古，久別渾忘問訊疎。細認双瞳熙秋
水，依然竹馬識君初。嗚呼！四十餘年，鄉里故人二十年
前詩中知己，彼此茫茫，絶無晤期，而天必使之兩人相
見。杜少陵所稱文章交有道之說，其信然耶。小谷
在隨園賞天容，賦五古數百言，幾與杜韓爭雄矣，
以太長不能全録。

樊榭先生教人古風須學李杜韓蘇四大家，近體須學中
晚宋元諸名家。或問其故，曰：李杜韓蘇才力太大，故不
屑抽筋入細，近體實非所宜。予謂斯言實有
所見。惟少陵五律工夫甚深，未嘗不入細也。

鄉宗笠田樹穀將赴陝西兩當之任，小住隨園，誦
其平生句，其可愛者，如《紅花埠題壁》云："六年京國夢
江城，此是江南第一程。為第還家多少事，昨宵[illegible]
上艇三更。"《合肥即事》云："護籬小犬吠生客，曝背老翁
調幼孫。"《題仇十洲宮卷》云："玉顏豈盡能亡國，白髮從
無到美人。"《客中獨步》云："日暮一行飛雁落，知渠曾
否到吾家。"

丙辰諸徵士集京師，海內名宿中，余獨心折于山陰胡
天游稚威。常言："吾于穉威則師之矣，吾于元木（循初）
友之矣，其他某某，則事我者也。"穉威駢體文直摧徐
庾，為當代第一；散行駢言，宗代一以唐人為隸；詩

詩幼喜平

元木者周君大樞，字循初

學韓孟，有過于澁拗處。今節錄其近人者，如《明妃》云：「天低海水西流處，獨有琵琶堪解語。斷絃枯木本無情，猶勝人心百和。」《詠諫果》云：「苦口象所揮，餘甘幾人覺。」《置客》：「鋸鋸端或有如紙掌。」《贈某營將》云：「大聲當鼓急府，影落檐危劍血看。生瘦天狼對，揮髭皆音向也。」亦有風韵獨絕者，《曉行》一首云：「夢闌鶯喚穆陵西，驛吏催詩雨拂衣。行客落花心事別，無端偶趁曉風飛。」

稚威有《孝女李三行》一篇，直逼《孔雀東南飛》樂府矣。惜有數千言，不能節錄。序文亦古峭，似王溪生。

數千言

己巳春

丁巳春予與周君元木萬君循初同在禪咸寓中夜眠聽雨各吟
一詩不復省記惟記元木見贈七古一篇云文章之家無
不有袁君二十膽如斗泗淵怪鎖千年久徑欲求之睨其
紐雷公馮馮風伯吼千山萬山僵且走維古於詞斬不朽慘

淡落筆經營後青天高〻黃地厚王中心宗祝左右稽拜賡歌祈萬壽蓂莢在庭麟在藪猶有羈人嘆不偶車無雞棲馬無狗夜讀離騷月黝〻山鬼吹燈森繞肘一聲石壁劃中剖西施聽之變嫫母十六吳姬舞楊柳百面檀槽催送酒錢騎金戈倏騰蹂一夫當關不得狃請以形骸論妍醜如足舉身〻舉首耳坎目離兌協口厥面不同各自負或似其翁或似舅神似爲尊形似否且復著書看屋枓天馬權奇龍作友元木此詩亦就余之所好而為之其贈循初一篇則又平淡矣後壬申歲余起病至長安元木再贈七古一首其起句云憶昔相見長安邸志氣如虹挂千里

狂飛大句風雨來頭潑酒杯笑不已真替乃余少年時寫照

元木落魄京師果毅公訥親延為上客每公餘之暇命講通鑑數則互相論辨亦想見當日公卿風雅也元木詩最堅瘦獨咏桃花一律頗婉麗其詞曰寂〻朱扉度歲華又驚春色到桃花日烘未覺脂痕淺風動偏宜鬢影斜艷壓壚頭初嚥酒香低馬上欲飛霞五陵游客知何限只有漁人最憶家 咏月餅云合就可須瓊作屑烹成漫說桂為薪 落花云意氣都隨韶景盡情懷真与別人全 管仲墓云浪說儒門羞五尺至今江左幾夷吾

早行詩，三人時令調，而皆有妙境。梁藥亭云：「鴻雁自南人自北，一齊來江月明中。」胡稚威云：「行客路花心事別，十街都趁曉帆飛。」周元木云：「行人飛都何事，一樣衝寒度曉隄。」

周蘭坡學士工詩，而多聲好。和東坡詩，冬日雪後，在元木齋中用東坡尖叉韻詠雪，元木押鹽字韻云：「修髯鏡裏偏離離，竹外妙句清于昔昔鹽。」

贈縣令，至俗也，而俞秀才瀓見贈七律前四句云：「江南地好駐行旌，歌管笙簫滿石城，雅道樓前多鼓響，大河花外有琴聲。」祝壽亦俗題也，而陳生瀝祝家慈八十云：「不扶鳩杖身原健，久住桃源老自忘。想見膝前人戲綵，宮袍已疊又開箱。」皆可誦。

作文章矯若雲中鶴。雨到江南不見君。夙懷饑渴將誰托。北風吹我江上寒。白門晴雪訪袁安。相逢一笑如相識。握手鬚眉仔細看。談諧興劇斜陽暮。匆匆又向西江去。他日相思若憶時[懷]。人在匡廬以外雲深處。

四川高太史名辰者。字白雲。向為岳大將軍西席。通天文地理。以翰林改官華亭。一時有循吏之稱。薦卓異入都。過隨園。命其子受業門下。并和予遷滌詩云。名重隨園詎偶然。興來神[妙]寫毫顛。已知葛井來勾漏。豈但香山數樂天。入座嵐光時拱揖。依[人]鶴影自翩躚。荀香近處瞻先輩。慰我調饑三十年。

孫過庭書譜云。學者。初學先求平正。進功須求險絕。成功之後。仍歸平正。予謂學詩之道。何以異是。

（揚州）江賓谷昱與其弟蒿嶂。全有詩名。兩最友愛。余喜其初秋與九弟夜坐云。簷中更警嚴城柝。暑退人親小室燈。又對月有懷云。相望何止三間屋。不禁還分一線天。

江寧武孝廉滄曉。字梨亭。以小兒醫擅名一時。年九十二。猶出門視疾。居百歲坊。交好者。視其得應[illegible]林。或贈一聯云。造物與閒還與健。鄉人知老不知年。

宋笠田明府將赴陝西兩當之任。小住隨園。說兒論詩漏五更方寢。次日以贈云。修竹滿山秋意早。

也。又方子雲見贈有不負嘉州不負第七字蕙兼
翻薛能陸放翁二人之句而為之。薛云不負嘉州只
負身。陸云於此身不愧嘉州子雲之意以奈之隱
蕙兼萬善也。余竟當之赧矣。

學問之道。四子書如戶牖。九經如廳堂。十七史如正寢。
雜史如東西兩廂。注疏如樞閾。類書如廚櫃。說部如竹石。
庖湢耕偃。諸子百家。詩古文詞如書房花園。可以亭臺遊
息。可以娛神。今之博通經史而不能為詩詞者。猶
之有廳堂大廈而無園榭之樂也。能吟詩詞而不
博通經史者。猶之有園榭而無正屋高閣也。是皆
不可偏廢也。

德定圃尚書之弟名隆字子風。著作寧江西。風流俊逸。入

都之便特泊舟上河過隨園一宿才去見贈云神仙中人不易見神交數載艱謀面都下爭傳賦落花新詩寫偏白團扇昔君曾向蓬萊遊風濤浩渺登瀛洲禁中才子無雙譽天上仙人第一流雄文班馬爭先後麗詞庾鮑堪為偶無端奪去鳳皇池翩然作宰風塵走人道先生無不宜儒林循吏俱稱奇河陽幾處栽花後彭澤歸來種柳時花開柳綠君方住春暉好咏南陔句買宅金陵桃葉旁板輿竹外含飴顧靈萱孝筍堦前植名園卜築隨胸臆却從塵市闢桃源江湖滿地漁人識閉門却掃深著書方袍朱履神肅踈臺城烟月容高卧板渚烟花愜遂初翳予早歲讀君

高梧臨檻雨聲多。慶兩峰得赴楚南臬使之任，小
住隨園四日，留別云：交情共指青山在，別意相看白
髮多。二人之詩，一寫景，一言情（全押多字），均可愛也。
~~笠田鄉衍本蘺籬小犬吠生客，照背老翁凋物秋。~~
又近郊小飲云：風吹池水干何事，人映桃花憶此門。八
月六日對月云：只費一鉤懸樹杪，已教秋思滿江城。余
皆愛而摘存之。
程魚門（京中）移居有句云：勢家歌馬評珍玩，詞客攤錢問故書。
予笑曰：此必琉璃廠也。詢之果然。
詩有現前指點可以悟道者。香樹尚書詠紅葉云：一夜流
傳霜信遍，早衰多是出頭枝。陳古漁偶臥云：來遊五嶽身
雖俗，便到重陽[illegible]又多。又看桃花云：回頭莫羨人間好

去也。白云：淡月入窗疑有約，寒花落地醉無聲。余有小女病目已瞑，天氣亭亭，乃畫活之，以問之來往甚。辛丑九蘆。以書來

訣別一切
身後事，親
自檢校，亦
其人也。予
挽聯云：通
大以考終，
從古名醫
都登上壽；
痛三號而
未已，傷吾
老友更失

問行人，行從來。卯西樵行九江云：較量山水分評畫，畫
稿道無一幅同。程魚門觀漁云：旁人束手休相怪，空網由
來撒最多。張四科觀弈云：笑渠斂手推枰後，指羨從
旁攏細人。
宋人詩云：無事閉門防俗客，愛閒能有幾人來。張四科
月夜云：恐有閒人能見訪，滿庭涼影未關門。兩意相
反而皆妙。
王菊莊（孝廉名）金英，司寇裘文達公之表弟也。性孤冷而工
詩。有殘雪墮池起，好塵空際盤之句，為人傳誦。余尤
愛其楊柳店夢歸云：徑稱尚棲楊柳店，夢歸已到菊
花莊。扶藜父老聞聲喜，傳識山妻設饌忙。生菜摘
來猶帶露，新醅篘得已沽香。堪憐稚如都齋

睐羞遲靡衣立其旁又被衣之親朋於帳燈程日鄉国
先傳下第名襟歔云琴絃怨響風霆外樹影潛移
月上初學教云出徒散後庭階靜知已逢素祀泣謀
邦濤云負郭人家隄下住酒帘飄出樹梢頭
安南国探花阮輝㴭奉其国王之命來朝京師過岳
陽樓有句云霧借山光吞古島客從鏡裏數帰漁
又納楼樓英民李鵬齡贈為太守王夢樓送行玉堂老鳳留
衣鉢滄海長虹卷釣絲皆可謂英中有人也王
吞贈云殊方那易逢佳士識面無如是別時
漢陽戴思任題文選樓云文章以秦漢抗和六經而外此傳
書非惡精選理者不能推尊若是
近日詩文人常州為盛趙懷玉字味川者能為八家之文黃景仁字仲則者詩近太白孫星衍

為洪錄其題
某賑圖云河
東來不可
昨魚龍
升君堂官卑
方攝丞簿尉
天險歙合江
淮黃河流決
散

宇淵如者詩近昌谷倶少年秀才余為黃錄其前觀潮行
（其他洪君礼吉、莊君炘、楊君芳燦）
云客有不樂遊廣陵卧看八月秋濤興偉哉造物此巨觀
海水直挾心飛騰漻溟萬〻夙來駕對此茫〻八埏隘才
見銀山動地來已將赤岸浮天外砰崖碓岳萬穴號雄法
雎吟六節搖是豈乾坤共呼吸乃與晦朔為盈消殷天怒
為排山入轉眼西追日輪反一信將無渤澥空再來或恐
鴻濛濕唱歌踏浪輸吳儂曾將何物齎海童答言三千水
犀弩至今猶敢攖其鋒我思此語等兒戲員也英靈實難
避只合回頭撼越山那因決目仇吳地吳顛越蹶曾幾時
前胥後種誰見知潮生潮落自終古我欲停杯一問之後觀

飢□□頭
顛頸縮三日
餓共盼賑粟
來室邨持瓢
舉斗復攜斗
乞千人立
□皁黃衫小
吏足不停村
後村前更招
手深泥沒髁

潮行云海風捲盡江頭葉沙岸千人萬人立怪底山川忽變容又報天邊海潮入鷗飛艇亂行雲停江亦作勢如相迎鵝毛一白尚天際側耳已是風霆聲江流不合幾回折欲折潮頭如折鐵一折平添百丈飛浩浩長空捲晴雪星馳電掣望已遙江塘十里隨低高此時萬戶同屏息想見憲檽齊動撼濤頭障天天亦暮蒼茫卻望潮來處前陣才平羅剎磯後來又沒西興樹獨客弔影行自愁大地與身同一浮願乘世外鹿盧蹻孰職就裡陰陽鞴賦罷觀潮長太息我尚輸潮歸即得回首重城鼓角哀半空純作魚龍色為孫録其登千佛樓云城東佛樓幾季閉塞迴秋㰏刺芒

無肩輿尉来
村北跨一驢
行籌散盡整
便去不遣索
来豪習淮
限太守知君
績早晚臺端
又妻病云眉
痕只覺瘦
来濃指
都卧

利飛燐射屋烏啄墻鬼風吹檐斷佛臂此間非墓非戰原
豈有厲魄號煩寃青狸捧骨夜窺月日氣不足羅神姦迎
廊一僧病枯瘠見慣妖蹤訝人跡老莎出户曲復斜反鎖
空堂晝深黑楼前慘碧竹作圍逼袖細影明寒暉殘霖滴
階（漬）幽血敗粉剝壁生陰苔竹梢朦朧上無路疑隨中宵夢
遊處回頭不憶隔世來過眼復恐今生去檐牙壓肩楼脚
探驚起（穴棟）千季鴉屏聲獨立瓦箄落失勢一墜魂難招原頭
日落樹蒼莽既下心神久恍惚林端卻顧寺角移那得騰
身立平壤又妻病云眉痕只覺瘦来濃指介都從卧後長
裴晋公笑韓昌黎情其逸足往往奔放近日才人頗多此

跡有
洞杳道君知一分重
調菴于可
花莊寺不推
池只記
夜消云
月雁迴
沙有跡孤
城人靜樹
多聲

病然下筆一率意便無餘韻是少名貴之氣惟王太守夢
樓能以首練持之真救時之聖藥也為録其在西湖寄都
中同年云星河雲海望迢迢八度花朝與雪朝徼外蠻烟
空目極楚南芳草易䰟銷抽身我本疎慵慣奮翅君方摶
擊遙豈是升沉関氣類輕舟相繼返林臯增城瓊苑蕊珠
宮香案西偏紫閣東夢裏似曾聞廣樂歸來但覺任樵風
蓬瀛消息無青鳥烟水生涯有雪鴻近日愈諳禪悅味繁
華清淨兩俱空每向東華散玉珂相如花下酌紅螺歐梅
自許賢豪聚蘇李偏教濶別多棋局居然更甲子酒壚真
自邈山河何戡解語當年事也與樽前唤奈何棧道連雲

粵海霏星軺先後有光輝去歲芷塘典試四川項竹廬典試廣東吟詩喜得
名山助講道欣添玉筍圍舊雨定知縈遠夢野雲端不耐
高飛年來自署西湖長占取蘋隄作釣磯
近日吳中詩人沙斗初外有張崑南張玉穀顧明調諸君潔
詠梨花詩云望去分明臨水涯沸殘雪易迷楊花野望亦亂
鴉多在地深樓不藏村皆佳句也與余在家泊洲處
或見後遂成永訣僅記其烏夜啼一首云參橫月落庭烏
啼牕前有女猶鳴機河聲停梭低頭思烏何夜啼想
烏飢老烏辛苦飢常忍小烏啾啾老烏悶勸烏且
莫啼高聲嬌兒甫眠恐驚醒玉穀長于樂府有義
婦行一篇為金邑謝堠橋安家妻袁氏而作袁恥其
夫作竊流水死其事其詩俱足千古

自有無心而相合者。張賓臣宗伯晚步云：竹枝風影更宜月，荷葉露香偏勝花。厲樊榭游智果寺云：竹陰入寺綠無暑，荷葉繞門香勝花。王夢樓游曲院云：烟光自潤非關雨，水藻俱香不獨花。梁苗存看新荷云：似經雨過風猶颭，雖未到花時葉早香。

年家子宋維藩，字瑞屏，湖州秀才，受學錢文敏公，知最深，以詩來見。余愛其曉行一首云：客程無晏起，破曉跨驢行。殘月恐墮水，林雞初有聲。市橋霜漸滑，野店火微明。不少幽居者，高眠屋數楹。邛州刺史楊潮會湖曉行云：東峰日未出，平望氣先紅。茅屋方[illegible]扶桑已挂弓。燠咻人散野，噴薄馬嘶風。陳迹知何處，蒼茫付雪鴻。兩詩意境亦復相似。魯星村：酒中萬愁散，詩外一無言。

周幔亭：山光含月淡，僧影入松無。方子雲香篆舞來簷陰斷，水痕圓到岸邊無。陳古魚：花陰拂地香才覓，

橋影横波動即無三押無字俱妙。與宋笠田護籬小犬吠生客
魯星村猶迎落花戲魚負小萍移之句真乃詩中眼背老翁調幼孫
有遺也。如沙橋道上云山下竹林林下屋门前溪水帶
花鳥王蘭泉先生明月微霜霜似雪雲陽驛外夜
三更一聯柳何相似也。
七夕牛郎織女双星渡河此不過月桂槎泛之類點綴
章典故用耳近有才人作詩力辨其誕失之腐矣
筋祠說部書有三解或云鹿筋梁地名也或云
路金者人名也五代時將戰死于此或云有遠商二八分金
于此一人忿爭不已一人悉以贈之其人大慚置金路上
而去後人義之故為立祠近有才人作詩極褒
貞女之貞而痛貶失節之婦失之陋矣何義门

（博雅而）有瑜亮並生之語。為西河所嘆。惟進士極能詩而有責閔公峯容道士釋音穉一篇亦為予所序。西河顧亭林先生讀書未見鄭夾漈。交友不交毛西河。自是此老一生缺事。

詩有幹無華。是枯木也。有肉無骨。是夏蟲也。有人無我。是傀儡也。有聲無韻。是瓦缶也。有直無曲。是漏卮也。有格無趣。是土牛也。

（漢書）夏侯建笑夏侯勝（所學）疏闊。而勝亦譏其煩碎。人曰賈山涉獵。不為純儒。此即後世詞章家考據家鴻溝所由判也。

古詞之奇奧不可解者。大抵皆（本）其時之方言土音。而流傳失真。如盤庚之弔由靈。周語之暇豫之吾吾中

尚書大傳之舟張辟雍鶬鶬相從

舞歌之末吾嬰伯牙之歌歛復宮諸樂府之收中吾羊無夷何何吾吾皆是矣

詩人最重飲食。逆周公而曰籩豆有踐。惡凡伯而曰彼疏斯粺。又曰彼君子兮。嗟哉遠我。中心好之。盍飲食之。又曰民之失德。乾餱以愆。孟子賤飲食之人。毋乃失詩人之旨乎。

唐衢愛香山詩。死。鄭魴又愛之。又死。余以為物莫不有禍也。焦革善釀。慶餉東皋子。亡何。革死。妻袁氏再餉之。又死。俱見唐書。

古樂府擁門不安橫。無復相關意。疑橫即今之門撐。

皇覽冢墓記漢明帝時。符節郎宗元。請發秦昭王呂不韋冢。以求遺書。王伯厚笑其以詩書作賊。然陳始興王伯茂傳。矣。發晉朝墓冢，大得右軍遺書。然則宋計果行，則所得古書亦或不少。

鄭夾漈笑韓昌黎琴操諸曲為兒園冊子，殊不可（薄之太過）解。然羑里操一篇，自覺深求聖人，轉失之僞。擬大雅文王曰：「咨汝殷商，汝炰烋于中國，歛怨以為徒。」不以紂為聖明也。昌黎豈不讀大雅耶？（亦者）東坡言孔子不答湯武，然革卦繫詞「湯武革命，順乎天而應乎人」，孔子之詞也。東坡豈不讀易經耶。

選詩如用人才，門戶須寬，採取須嚴。不可用己僂為式，而削他人之足以就之；亦不可設無遮會，而模毋都許。（升座）

曹操殺孔融，而其子丕愛融文，以金帛求之。蔡京禁蘇軾文，而其子條專好蘇文，以至落職。

孔北海言今之少年喜謗前輩

曾子建言劉季緒好詆呵人詩文。可見此種習氣。三國已然。山海經云。山膏如豚。厥性好罵。獸尚如此。人亦宜然。

胡忠簡劾秦檜竄海外。直聲震天下。乃戀戀于黎倩一女子。朱子作詩譏之曰。十年浮海一身輕。歸見黎渦却有情。世上無如人欲險。幾人到此誤平生。予謂考亭此言誤矣。天下非有真性情者。不能有真忠孝。惟忠簡能自行其情。不求名譽。不畏人指摘。故能犯天下之大難。而卓然不惑。使瞻前顧後。若朱子將劾一韓侂胄。而先取著妙筌之。則天下直無可為之事矣。孔子曰。觀過知仁。又曰賢者過之。因過。愈見其仁其賢。此忠簡之所以為忠簡也。

楊劉詩號西崑體。多綺麗之詞。楊文公之正直。人皆知之。其一則劉筠也。制誥時。不肯草丁謂復相之詔。

仁宗不得已。命晏元獻黜之。後晏見劉自慚。至掩扇而過。于此可見桑間濮上之音。未必非賢人君子所作。聖人不删也有以夫。

楊龜山云當今祖宗之法。不必分元祐與熙豐也。國家但取其善者而行之。可也。予謂以論詩。好爭唐宋者必以此語曉之。

王粲從軍詩曰相公征關右。此為相公二字見詩文之始。然後代相而不公者多。

明督學耿公講良知之學。一縣令欲與辯。耿曰君名知縣不名行縣。令不能對。余謂予答是也何有。當應聲曰公名督學。不名知學。夫言豈一端而已。夫各有所當也。

劉後村為吳恕齋作詩序云近世貴理學而賤詩賦。間有篇章。不過押韻之語錄講章耳。余謂此風至今猶存。雖不入理障。而但貪序事。毫無音節。皆非詩之正宗。韓蘇兩大家。往往不免。故予自訟云。落筆不經意。動乃成蘇韓。

從古講六書者。必不工書。歐虞褚薛。不硜硜于說文凡將也。講韻學者。必不工詩。李杜王孟。不拘拘于反切喉齒也。講章法者。必不工文。韓柳歐蘇。不諄諄于起承照應也。何也。空諸一切。而後能以神氣孤行。然不講之講。實有深于講者。

三百篇不著姓名。蓋其人直寫懷抱。並無意于傳名。所以真切可愛。今人作詩有意要人知我有學問。有書卷。有章法。有師承。于是真意少而繁文多。反不能傳矣。予按三百篇亦有姓名可考者。惟家父之南山。

寺人孟子之萋菲，尹吉甫之穆高，曾奚斯之閟宮而已。此外皆不知何人秉筆。

人但知寥寥短章之才短，而不知喋喋千言之才亦短。人但知滿口公卿之人俗，而不知滿口不趨公卿之人更俗。予常識一名士云：吟詩羞作野才子，行己莫為小丈夫。

為人不可不辨者：柔之與弱也，剛之與暴也，儉之與嗇也，厚之與昏也，明之與刻也，自重之與自大也，自謙之與自賤也，似是而非，差之毫釐，失以千里也。作詩不可不辨者：淡之與枯也，新之與纖也，樸之與拙也，健之與粗也，華之與浮也，厚重之與笨滯也，縱橫之與雜亂也，亦似是而非，差之毫釐，失以千里也。

予有句云：閒卷古人都在眼，閒門晴雨不關心。龔旭開秀才從游中歸，投余登石臺詩云：短墻南畔接烟林，嘯罷山禽又海禽。甚日晴明甚日雨，不曾出戶不關心。柳何暗合耶。梁有連理枝詞云：曉向衣衫藏未許，曰閒啟簾櫳，小婢來言，東風料峭，動花鈴，索又海棠軒外石欄干邊有風箏吹落。予愛其雅切，爲手録之。

秋胡一婦耳，死不足惜，而前人爭咏之，宜劉知幾史通之痛詆也。然梁父吟咏二桃殺三士，本晏子春秋事，本荒唐，而孔明好之，殊不可解。

江蘇方伯某畫行香，崙鹵簿旌旗之盛，求尹文端公題詩，公却之，且向余笑之。余曰：古人半不讀書耶。

何笑某為。公愕然。余急取架上南史劉瓛傳呈公。公：劉愈笑不止。
蓋先某方伯而為之者。
花俗稱之神曰花神。柳之神則曰柳樹精。能詩者曰詩仙詩
伯能時文者則曰時文鬼。殊不可解。
李穆堂常云拾人遺詩斷句而代為存之者有如葬暴
骸哺棄兒其功徒相似[illegible]何言之沉痛也。予[illegible]抄存
困兀死亡而無子之人之詩號幽光集得付之梓始于
程綿莊王陸禔而終于高步瀛凡十餘人
顧寧人言、八股文體製于唐人試帖阮人已甚梅武眷
曰不然。天欲成就一[illegible]一文人儒者[illegible]都非偶然。試觀古
文人如歐蘇韓柳古儒者如周程張朱誰非少年科
甲哉。蓋使之先得出身以捐棄其俗學而彼乃有
全力以攻實學試觀諸公應試之文都不甚佳晚年得
力于學之後方能不朽不然者彼方終日用心于五言

八韻對策三條豈足以傳世哉就中晚登科第者只
歸熙甫一人然古文雖工終不脫時文氣息而且終身
不能為詩亦累于俗學之一証也
蘇州總捕同知林睡廬先生名良銓福建人端厚長者
在吳中与宴飲甚懽記其佳句云月明水影搖梁上風
細花香入硯池見惠詩集一部被人竊去先生過隨園見訪
予方遊揚州不及一為地主此之事至今心中缺然
王又曾字穀原同人看白蓮云舡窗六扇拓銀紗倚檻風
前落晚霞哀約前灘涼月栖但聞花氣不看花又皋亭
來往首年時香飲蓮筒醉不辭莫怪花容渾似雪看
花人亦鬢成絲又遊陶然亭云岸蘆遮竹舫遊倦林
蝶翻灰浣袷衣春濃轉怕形人老官冷真宜伴佛閑
皆傳誦一時有丁辛老屋集行世

金陵無詩僧，惟澗泉（承恩寺）為最。記其春日雨後云：漠漠輕烟斂萬林，露夕暉。鳥穿空翠出，蝶抱落花飛。野影搖春浪，溪光上客衣。眾山看雨後，笑踏濕雲歸。又對月寄以中僧云：同玩人何在？江頭獨愴神。難將一片月，分照九泉人。

笏水軒先生，名夢淵，居督撫司幕章奏者四十餘年，居金陵之双石鼓，與隨園相隔僅里許，花朝月夕，時時往來。丁丑秋，忽作詩會，大集名流，其豪情逸氣，猶勃勃可想。記其江行一首云：荻港人維雪裡舟，雪花飛較荻花稠。蓬窗人醉荻中臥，時被雪花飛上頭。又荷花云：蘭舟載麗人，搖入荷花蕩。亭亭紅粉姿，花與人相仿。其中有蓮的心，苦惟儂覺。欲以擲奉郎，生憎金剪響。兩詩皆有古樂府遺音。

金江聲觀察（在書卿與杭厲樊榭齊名壬子）月夜登虎丘云：一片深宵月，明明照虎丘。松杉交影靜，蘋藻上階流。夜舫吹簫客，春燈賣酒樓。他鄉有明好，竟夕此淹留。庚辰年，余過虎丘，山僧出此詩見示，不知余故觀察年家子也。與其子文溥今館今年讀罷，為之愴然。（其時觀察去世久矣）因記觀察過冷水鋪云：白鷗傍槳自雙浴，黃蝶並風還倒飛。宿靈隱云：窗壓暗覓雲生壁，夜靜時聞雨滴階。宿聖因寺云：燈上琉璃僧作定，客來方丈鶴先迎。皆清妙可誦。

明季以來，宋學太盛。于是近今之士，競攻漢儒之學，排擊宋儒，幾乎南北皆是矣。豪健者尤爭之。不知宋儒鑿空，漢儒亦鑿空也。孟子守先王之道，以待後之學者，尚且周室班爵祿之制，其詳不可得而聞。又曰：盡信書，不如無書。况後人哉。六經中除詩易二經外，其

餘多有可疑。況註疏哉。善乎　之詩曰：三代後無真
理學。六經中有偽文章。斯言得之矣。
後之人未有不學古人而能為詩者也。然而善學者得
魚忘筌。不善學者刻舟求劍。
韓侂胄伐金而敗。與張魏公之伐金而敗一也。後人責韓不
責張。以韓得罪朱子故耳。然金人葬其首。謚曰忠繆。以其
忠于為國。繆于謀身也。錢辛楣少詹過安陽弔之曰：似、
函首議和親。昭雪何心及老秦。朝局是非堪齒冷。千秋
論在金人。檜。桃。嗟。歎。非計。欲報。笑似。當為身。一橫已征。
師從。劔餘。雖未戮首。謀人。少詹又弔姚廣孝云：空。發。兆。
郭。詩人。社難。上西山。老佛。墳。
余宴客。每苦客多讓坐。必以圓桌置酒。使難分甲乙。
亦省繁文之一法也。辛楣有詩云：渭記瑶臺聚。八仙模

粧新樣阿誰傳剪燭真快團栾話讓坐無妨左右旋
移到中庭天似笠將半面月初弦瓜盧與爾差相稱
參娛從今莫忘圓
林亭陳浦字楚南布衣白以詩鬚繞頰氣概偉然壬辰年與陳古漁仝來投
一詩冊而去余當時不暇卒讀度之架上為蠹所蝕者
過半矣庚子春偶撿讀之真學唐人而得其神趣者
問之古漁曰亡已數年余深悔交臂而失詩人為錄其廬
山瀑布云噴雪萬峰巔風吹直下天長懸一匹練飛作百重泉
松近無情響村遙有暗烟因知元化大江海與周旋秋月云
秋月一何皎照人生遠哀閒門不忍看自工紙窗寒樹影忽然動
蟋蟀聲若為催強眠枕未得倚戶更徘徊但自收孤雁云
月因孤影冷夜以一聲長鄱陽湖云岍闊山沉水天低浪入
雲七言如遠水無邊天作岸窗帆一散影如鴻割愛荷花

因贈妾，攜眉入社，為唫詩。非時沽酒憑奴怨，滿榻拋書任
婦嫌。皆可誦也。其最可憐者，醉後題壁云：貧婦從來生無
計，病間他鄉死亦難。放眼古今多少恨，可憐身後識方干。
嗚呼，余亦識方干于死後，能無有愧其言哉。
楚南有子夜歌三首，亦聰明絕世。其詞曰：南浦雨初散，北山雲
又生。歡似春無賴，無三日晴。偏蓋高樓曉，閑窗思悄然。
楊花鋪滿逕，恰不厭踪。郎作采樵客，負薪日已久。妾
是養蠶人，抽絲到何首。
余每過吳門，必訪名流，問花柳。郭元會秀才見贈五古一篇，洋
三千言。中有云：璟書得餘閒，判花作御史。飛花不沾泥，太
清雲豈滓。多情乃佛心，愛真君子禪。有歡喜法，聖無
縮晴理。所以每到處，風花纏杖履。數語頗近道，為摘錄
之。

香亭弟出守廣東余賦詩送行云君恩深處忘途遠家運
隆時惜我衰一時和者甚多惟押衰字頗難登州太守胡
書巢妹夫和云江南政績新遺愛海外文章舊起衰余作
書深美之胡答書云為押衰字頗費心今果見許足徵兄
之能知此中甘苦也然書巢擅長最在五古蓋少時師嘉
禾布衣張庚張最長五古書巢所作往〻過之錄其途中圓
望二華云連山如洪濤一瀉不得住散作平岡低萬壑此
爭赴奔騰勢未已倔強有餘怒數里漸逶迤坡迤相錯互
草木何繁滋容畜欽美度落日下翠微蒼〻群峯暮白雲
幻奇形屢顧有時誤大散關云蜀門自此通谷口望欲合

日月互蔽虧陰陽隱開闔微怪臨深溪馬蹄畏虛踏溪流
亂石中砰硡肆擊磕時節已初春氣候如殘臘黃葉間青條
風吹鳴颯颯時見采樵人行歌互相答朝天峽云旬月走
雲棧登頻勞下上輿中困掀簸厭聞馬蹄響今晨改水涉
失喜聽雙槳羌舟小如葉羌水平如掌健疑青鶻飛疾類
枋榆搶灘轉峽角來雙峙裹千丈石裂怒欲落畏壓不敢
仰洞陰中慘慄白日迷惝怳其深蟠蛟龍其毒聚虵蠏側
目望天關闔道更渺茫行人偶失足一墜詎可想寄香亭
云携手天水橋送我北新關君歸我夜泊咫尺不能攀何
況萬餘里遠隔千重山子來既無期我行猶未還至今夢

寐中橋下聞潺潺流水無已時思君如連環　森森九種竹燦燦十樣箋六六雙鯉鱗泠泠三峽泉險易雖有殊窮達何與焉自昔結隆愛金石貫貞堅與子同一心豈與時俗遷寓書奈不達在遠情空延子即能我亮我衷何由宣相思如護草憂忽何時捐

白下布衣朱卉字草衣少時有破樓僧打夕陽鐘之句因之得名晚年無子有一女嫁許秀才詩已付梓為婿所賣不知流落何所墳在清涼山之左側余為書清故詩人朱草衣先生之墓勒石墳前余年二十七補官江寧與交甚懽後宰溧水蒙見贈云疊為花縣一江分來往推携兩袖雲儲客酒從朝起設告天香每夜來滿自慙龍尾非名士

肯把豬肝累使君。部喜循良人說遍，填膺塞巷盡傳聞。

其他佳句，如渡海云：地勢全無跡，天形轉不高。客夜集云：霧身在海國，歸夢各家鄉。大觀亭云：長江圍地白，老樹陽。朝青晚行云：土人防虎門書字，水屋又魚樹有燈。揚州云：危時方署。愁前代平日烟花悞後生。賠某侍御云：朝罷宮袍都厚庫。詩清陳奇，盡初書

隨園地曠多樹木。黃昏夜中鳥啼甚異。家人多怖之。予謂王葑亭進士平溝吾發云：怪禽聲顛畀，猜樹影疑人。真妙句也。其把如大星高出樹，殘月細湘溪，月倒人影忽在水，風過秋聲正滿山。皆清奇可愛。

葑亭小集號雙佩齋，有雨中出城一首云：野徑無人話寂寥，晴吟聊伴雨蕭蕭。隔城興氣煙沉色，亂水歸舟溪聲欲湖橋。滿帽黃花蓬醉客，一肩紅葉擔歸樵。莫愁湖畔留題處，酒旆風前故故招。人踏雪云：屐齒認來去，杖頭知淺深。殊妙。

今之論詩者，往往分唐界宋，判別中晚，皆此道中習氣語也。歸愚尚書不免此病。予嘗作札極辨之，要知詩者人之性情，唐宋者人之國號，而不相系。使唐再有天下百年，則宋詩皆唐詩矣；宋早有天下一百年，則唐詩悉宋詩矣。楊龜山先生嘗云：今朝廷法度不必分元祐熙豐也，但行其善者而已。本朝湯潛菴先生云：吾輩學術不必分朱陸異同也，但問其是者而已。

京師風俗，逢節兒女多擊鼓為樂，號太平鼓。一時咏者甚多，予只愛吾鄉張宵鶴字堯峰者一首云：長安萬戶春如繡，年年春月春風富。十三女兒手指纖，撾鼓點花撒紅豆。一聲數聲千百聲，雖無曲調俱有情。因風送入絳霄裏，疑和鳳笛吹鸞笙。車如遊龍馬如虎，日踏東華輭紅土。高歌一曲太平春。誰人採風作樂府。

蠟梅詩從無佳者。惟湖州潘進士立亭云。越白江紅煩問訊。阿誰幻此天然韻。百和凝熏賈女香。一丸遲却東皇信。凍蕊含春半未舒。惱人風味破瓜初。幽窓月寫輕黃影。真箇橫陳嚼蠟如。潘詩宗韓杜。故賦五古尤佳偶成云。靜士難為介。靜女難為媒。嫁容靜女醜。交面靜士羞。盛年易晚晚。獨抱無驛郵。桃李非我春。蒲柳非我秋。鶴老心萬里。鵬怒翼九州。未免笑樊遲。豈屑伍喧啾。　搜春潤章句。摘卉膏吟啾。非無蘭茝玩。風騷旨已譌。詩濤與詩骨。韓孟兩嵯峨。崑體逮鐵體。滔滔同一波。金天削秀華。碧海鳴神鼉。義色少姚佚。吉詞無溪頗。寢中南風手。請為南風歌。寥寥發古響。羯鼓如

予何

京口鮑進士之鍾字雅堂詩人步江之子也家學淵源詩才清妙愛其寒夜却贈云簌盡更籌意渺然錦衾雖暖不成眠宵深見月衣常濕年少辭家事可憐去日好憑來歲補新詩多得故人傳小窓梅樹今堪折此地逢君又一年秋雨乍晴云箬帽芒鞋准備秋稍晴便看山擬遊江潮入郭無三里溪水到門容一舟亭午白雲開野徑夕陽黃葉下僧樓閒身自笑如閒鶴欲度前峰却又休其佳句五言如一鳥掠溪鏡四山明畫簾魚跳重湖黑蒲喧急雨來七言道心靜似山藏玉書味清于水養魚翻書細檢遺忘事撥火閒尋未過香岸柳帶鴉明遠照塔鈴和月語清宵

余最愛言情之詩讀之如桓子野聞歌輒喚奈何可以興
可以怨故録汪可舟哭女云客懷牢落已難指何以橫來
喪女悲多病閨心原有素深閨鍾愛勝于兒年衰骨月情
逾切路遠存亡哭亦遲腸斷披衣出門日依依牽袖問歸
期遂聞臨去語堪哀望我殷殷日百回死別幾時曾想到
歲朝無路復歸來絕憐艱苦為新婦轉幸逍遥入夜臺便
即還家能見否一棺已蓋萬難開過草衣故居云路繞叢
祠鳥雀飛依然門巷故人非憶君自初交始每渡江無
不見歸問疾榻前綣轉盼談詩窗外剩斜暉絕憐童僕相
隨慣未解存亡欲叩扉沙斗初絟亡友別墅云千石魚陂
占水鄉四時烟景助清光弟兄下隔東西屋賓主無分上

下床鬬酒幾番當皓月題詩多半在修篁今朝獨棹扁舟
過回首前歡墮渺茫斗初最長五古佳处不減大謝
壬辰年王光禄禮堂先生來白下為訪江寧令陸蘭村蓋
其本房進士也予問有新詩否先生為書七律四首予笑
曰兩首高華兩首風調不虛我所求矣扈蹕行圍云夤沸
灤源百道深五更舉火騎駸駸霜濃牛馬通身白林凍烏
鴉閉口喑列柴從容看表貉刈蘭匼匝有前禽草中孤兎
何難盡觧網由來識聖心健兒千二百人皆進哨先期
奏緑牌圍緊圍寬分什伍場心場面絡巖厓日占戊好軍
容壯壯奉宸多禮典諧好是祇饑教試射東舟飛騎揷鞬
鞍贈內云幾載東華不自聊緑窓並坐感蕭騷寒閨刀尺

陪宵讀瓦爵茶湯候早朝馬磨勞生還憶共犬臺殘魄可
能招却喚割肉容臣朔但把清齋學細腰一室流塵玉漏
窮更闌深掩小房櫳何妨放誕時卿壻聽唱風波欲惱公
天畔登樓長客裏燈前擁髻只愁中一龕底處雙棲穩雪
北香南結託同

安慶詩人以二村為最其一李嘯村其一魯星村也李長
絶句余已摘録数首今為魯録甘露寺宴集云相攜壺榼
作郊行春雪今朝恰喜晴出郭漸忘前路遠登山一笑大
江橫席前雲向金鰲起袖底花同鐵塔平薄暮招提歸去
緩碧天皎月已東生清寧道院云嘉卉分叢繞檻栽道人
底事費安排藤花嫋〻度墻去直上青松頂上開其他佳

句五言如「酒中萬愁散，詩外一言無」、「久客神常倦，還家似
在舟」、「鳥散雪辭竹，烟消山到門」、「風竹不留雪，冰池時集鴉」。
七言如「舟行忽止冰初合，窓暗還明月未沉」、「春田牛背鳩
爭落，野店墻頭花亂開」、「避雪野禽低就屋，危機小鼠漸親
人」。又崔浴秉沨缺五字，「炎天几席熱于人」，七字俱妙。
詩不可不改，不可多改。不改則心浮，多改則機窒。要像初本
黃庭，在恰好處。此境最難。予最愛方扶南《滕王閣》詩，其
手云。及翁晚年，嫌為少作，已刪去矣。予不解其故。後桐城吳
秀才告余：扶南三改《周瑜墓》詩，而愈改愈壞。其少
作云：「大帝君臣同骨肉，小喬夫婿是英雄。」可稱工矣。中年
改云：「大帝誓師江水綠，小喬卸甲晚妝紅。」已覺牽強。
晚年改云：「小喬妝罷胭脂濕，大帝謀成翡翠通。」真
乃不成文理。豈非朱子所謂三則私意起而反惑

歟。

詩難奇險。而不能揉磨入細。未免麤才。詩難幽俊。而不能展拓開張。終窘邊幅。有作用之人。放之則彌六合。收之則斂方寸。諸葛躬耕妙處。忽然統師六出。韓王中興首將。竟能跨驢西湖。聖人用行舍藏。于詩亦可一貫。書家北海如象。不及右軍如龍。亦此意耳。

無錫老友楊宏度謂予曰。予有從子芳燦。字蓉裳。年少奇才。非足下不能為之師。遂令受業門下。年才十七。博聞強記。落筆千言。嘗為予註四六六卷。未畢而出宰甘肅矣。詩工長慶體。不在梅村之下。吳門有女校書王氏好酒。楊作歌贈之云。美人家住吳閶路。羅襪盈盈振仙步。借問當壚有幾年。磔梳磁盃伴朝暮。呼來對客笑臨風。酒暈腮渦一抹紅。獺髓神丹匀瑪瑙瓊壺清露醉芙蓉粧臺珍膳餐桃李卯飲絶醒試羅綺自言生小住橫塘不識腥膻鯉魚尾橫塘瀲灧麯塵波象管鸞笙唱棹歌但得半江成王液不辭千盞泛金螺麝臍香撲玻璃枕紅玉娥娥薦華寢檀奴若鮮送縹醪抵得纏頭百梭錦媚眼微含似有情侍兒扶起倚雲屏長齋也願歸彌勒薄命還應嫁麯生一樽薰髓靈妃送瑣骨珊珊跨花鳳盼得他年塵劫空糟邱臺上游仙夢拚闋拚教典鷫鸘邇來消渇長卿狂歌樓春色濃如酒不辨柔鄉與醉鄉

夢中得詩醒時尚記及曉往往忘之似村公子有一聯云夢中得句多忘却推醒姬人代記詩予謂

矣其此二句固佳。此姬人尤佳。

朱竹君學士督學皖江。偶來白下。余問所得人才。公爲手書姓名。朴學數人。才華數人。次日即率黃秀才名戊字左君者見訪。其美少年也。記其京邸夜歸云。入城燈市散。有客正還家。新僕欲逢姓。嬌兒不識爺。春光滿茅屋。喜氣上燈花。作見翻無語。徘徊月正華。七言如。小艇自流初住雨。秧衣難受嫩晴風。殊有風流自賞之意。

徐雨峰中丞士林巡撫蘇州。方正公平。人以爲繼湯文正之後一人而已。以母喪去官。有詔奪情。不赴。然其詩極綿麗。記其作中書舍人時。有句云。歸來惹得山妻問。侍女熏香近有無。

乾隆丙辰予于李敏達公處見厲子大先生時為少司寇
以家宰文恭公之子未弱冠而入翰林倜儻不羈詩才清
妙記其歲除和韻云一年清課為花忙無事花前倒百觴
日落歸鴉喧古木家貧飢鶴啖空倉楸枰靜設遲棋客緗
筆吟成和省郎官柳未黃桃已爛春風早晚亦何嘗獨酌
有懷云萍分雲散故人離尊酒應憐獨酌時夜漏漸沉燒
燭短殘書未了引眠遲羅江春信盆梅報紙帳宵寒鶴夢
知皎皎庭除餘落月屋梁相照毋（此）心期
宜興儲氏多古文經義之學少吟詩者吾近今得二人焉
其一名潤書字玉琴贈梅岑云一曲吴歈酒半醺當筵争

識杜司勳天花作骨絲難繡春水如情剪不分話到西窗
剛近月人於東野願為雲應知此後相思處日〻江樓倚
夕曛過見山書屋云灣環一水抱城墟石徑疏籬小結廬
山氣作寒啼鳥外春陰如夢落花初叩關客到勞烹茗隱
几人閑但著書即此清貧良足樂翛然塵外擬樵漁其一
名國鈞字 梁溪云紙鳶輕颺午晴開雜沓遊人傍水
隈多半畫船猶未攏知從池上飼魚來即目云日午橫塘
緩櫂過風吹花氣蕩層波依蓬不肯輕回首近水樓臺茜
袖多他如樹涼宜散帙梅晝始薰衣烟消松翠淡雪墮柳
枝輕酒旗翻凍雪土銼燎征衣嵐翠忽從亭午變扇紈都

向嫩晴開。銀箏度曲徐牽舫。鏡檻懸燈不隔紗。皆佳句也。

金陵曹瀹泉秀才。以■一夕春風煖。吹紅上海棠一聯。為予所賞。遂刻意為詩。贈妹云。吾妹何賢達。能箴女史詞。倩人教織素。隨嫂學蒸梨。母病繙經早。家貧得婿遲。天然心愛好。常誦阿兄詩。纖山云（道中）南陌草萋萋。新秋挿未齊。投村先問路。隔壠但聞雞。壩斷溪聲急。山危日影低。夜來經雨過。牛跡滿荒堤。立秋云。高梧閣落葉。暗覺感流年。飛鳥背孤塔。夕陽橫半天。賺得新涼夜。清光伴醉眠。他如江燕蹤秋雨。寒樹斷野雲。遲老僧蝸評誦。拜佛不衣冠。老牛眠淺沼。修埂雜蔬多。菜過別家。歲逢閏月春來早。山背朝陽雪化遲。俱妙。

古來武將能詩者多。自曹景宗韻協競病。沈慶之自喻子房之後。唐宗以來。不一而足。然能知經學者

蕭字下落一字

絶無其人偶閲唐書藝文志有薛仁貴周易正義
觧十四卷亦奇士矣

桐城劉耕南與余同舉鴻詞科以古文名家程魚門讀其全集告予曰耕南詩勝于文也為録其聽人彈琴云香臺初上日檐鐸受風微好友不期至僧廬同叩扉彈琴向佛座餘響入雲飛余亦忘言說烏棲猶未歸又獨宿云江村黃葉飛獨掩蕭齋卧時有捕魚人欂聲塞外過真清絶也又哭弟云死別漸歎初日諾長貧難作托孤人讀者皆為黯然

其時同舉又有北方學者李鐵君名鍇又為總督而能隱

居不仕著尚史一書合三傳史記而別為發凡起例予笑
其翻春秋之案似可不必且未見馬氏繹史殊為疎漏詩
恰清古有樵瞑齋集為録其梅花云衆木正如夢一枝方
自春遂令江水上真見獨醒人霜月濯我魄玉琴凝我神
對君三十日日〻蕩愁新詠月云清絶自成照何曾桂樹
生有時通夜白一片得秋明遠水若相接浮雲或並行年
〻圓便缺誰悟善持盈他若秋村近塞寒先落土著為鄉
俗不齊上某王云秋渚坐忘真帝子妙香心印古頭佗
蘊州進士薛起鳳字皆三性孤冷隱居不仕亡後彭尺木
進士為梓其遺詩過范文正公祠云憂樂平生事虀鹹志

在斯由來天下任只自秀才時對雪云天風剪水〻爭飛
飛上寒山嶄石衣一夜雪深迷澗道不知何處叩巖扉
賈誼云宣室陳詞志未伸漢廷留筆著書新一篇鵩賦離
名相才子回頭是道人
金陵龔秀才元超余詩弟子也每以詩見示其最佳者為
摘存之月夜云江水洗江月荻花寒不飛林園足烟景屋宇
湛霜輝戌角宵將半溪船漁未歸沿堤采芳芷似勝北山
薇從兄酌泉云前番不識路聞語碧蘿叢此次逢招飲啣
杯紅葉中山深花木好容妙性情同歸路誰先醉應扶白
髮翁漁家云輕縠紋生玉溆斜晚風吹雨濕桃花紅裙雙

腕急搖櫓前面垂楊是妾家他如水喜分秧足堤鷺捧柳
曰聽是誰家吹玉笛畫欄清冷夜深憑皆妙
杭州吴龍光字飛池學詩于樊榭先生先生愛其紅蓼花
深冷蓼衣之句謂可鐫入印章也與其弟自堂太守在京
邸因宿余家太守是余戊午同年每夜談甚樂而今兩人
皆亡矣飛池絶句尤佳澶州襍詩云晨光黯黯樹稀微雲
帶炊烟濕不飛多少人家秋色裏滿天白露浸柴扉過洛
陽問牡丹云花濃洛下種應真我却來時不是春到耳畫
誇顏色好未開先賞斷無人他如林間一鳥過池面數花
欹岸仄疑無路燈明似有村曉月光微難辨樹西風吹冷

不知衣

虎丘山有吹五十餘歲。俗號五十三姑。婦女生驕心怯。往往倒禮而上。鮑步江作竹枝云。妾自倒行郎自看。看郎一步一回頭。又燈下有句云。手剔蘭煤教仔細。好留半燄解羅襦。步江為人。朴誠迂謹。而詩之頑艷若此。

余祖居杭州艮山門內大樹巷。隣有桑文庚者。鬻粽為業。性至孝。父病膈。文庚合羊脂和粥以進。父死。乃抱鐺而哭。人為繪抱鐺圖徵詩。萬君光泰詩最佳。其詞曰。羊脂數合米一斛。病父在牀惟啜粥。父能啜粥子亦甘。粒米勝于五鼎肉。升屋臯某無歸魂。束薪斷火鐺寡恩。牀前呼父鐺畔哭。抱鐺三日鐺猶溫。嗚呼恨身不作鐺中米。臨歿猶能進

一七謂鐺不聞鐺有耳

文侯之子名調元庚戌科以性理舉進士世所稱嵀甫先生是也先與家叔父交後與余同舉鴻詞科性孤癖能步行行百里棄主事官裹粮遊五岳始遍詩名五岳集留別袁石峯云莫定畸人物外踪夢䰟飛入碧霞重浮雲形似世情幻秋樹色添遊興濃白練橫過天際馬烏藤直上嶺頭龍憑將一斗喻糜汁洒遍天門日觀峯過華山云華山門下雨盈盈玉女秋期會玉京十萬雲鬟梳洗罷漫空盆水一齊傾嵩洛襍詩云鐵梁大小石縱橫似步空廊屧有聲世外多情一明月直陪孤影到三更他如石房帘畏撼鐵夙不愁飛靈區難再到欲下且從容三天誰道無階上八

冀徒聞有夢登非深于遊山者不能言也
今婦女多往南海燒香方敏慤公有采石江岸感所見詩
云昨朝江上聞游處鐃柄人趨沙岸路更有輕舟逆浪來
風吹近岸聞悲呼傷心浪逐十三户一一移來辨親故炎
天肉腐無收人耕夫買席埋江步傳言舟近九華山千里
進香來婦嫗佛聲夜半竦魚龍衝飈忽起長鯨怒千尋虐
墜冥窕深三舨不展慈航度吁嗟乎世間求福何終極客
心久畏風波覩爾婦依然執爨身何處深閨有沈溺君不
見皖江之北不祥人母老家貧不治生金錢捨寺香焚頂
懟毋臨行出惡聲讀此可為婦女入廟燒香者戒
癸未四月京口程君夢湘仝遊焦山隨至杭州一路

論詩兼之酬唱亦一時勝事也渠最心折于吾鄉
樊榭先生心摹手追幾可抗手記其題酒樓云
竹風吹我葛衫輕瑪瑙坡前自在行水店賣經僧
活計酒樓題壁客閒情醉移鷗席凉猶濕暑入
荷香氣總清不是此湖容飽看一生那解悅浮名
嗚呼有才如此宰湘陰未二年以事罷官甫四十歲
而死惜哉然松寥山房集四卷亦足不朽矣君字
荊南天資絕高而好吟詩畏作時文壬午鄉試向家人說
云下場乃私匿隨園數日陳梅岑亦同此病以故
均不能登科第云

為余刪訂詩集頗受其益然不工時文

在隨園賞海棠云朦朧月色濕馨香濟錯認銅列雨竹

越中三子以童君名鈺者為最行若耶溪云一百五
日花正妍三十六灣清可憐午風乍急燕歸屋春
流亂落魚上田辛不自纏看山脚且可高聲唫詩

有行當窗歸去學閉戶曉窗還抱鶯聲眠他如
夜涼燈影小秋重柝聲孤皆佳句也
常見下棋者苦心孤詣竟至呼之不應金壽門有
句云算到苦心閑見減松無交影樹無聲壽門不
工棋而能言之真切如此

金陵僧藥根工楷法住揚州某巷商人洪姓者欲買
其巷傍隙地起花園藥根意不欲也乃投以詩云自
笑蝸廬傍奇閑隣園樹木過崔嵬儂家院小難栽
樹但有青青一片苔洪知其意乃不果買藥根泊瓜
渚云星光全在水漁火欲浮天長晴云雨收亦似莊沉
病日生渾如見故人

清涼山僧傳岩秀水人登烟雨樓云重湖氣釀催詩
雨帶郭雲拖煮酒烟

洞庭山人蔣愚谷在金陵以香蠟為業喜与詩人游孰贄王孟亭太守門下年未四十以瘵疾亡其成仁菴云心安靜看閒雲過地僻渾忘夏日長虎丘云鳥栖深樹斜陽影風過虛堂貝葉聲殊可喜也愚谷每來隨園往往有勿遽之色以後子挽聯云生為誰忙學業未成家破以廣君恩高堂垂白子初生安慶李範嘯村吟詩專攻近體而尤長七絕盧雅運輕運已為梓而存之矣然其七律中佳句頗多如馬齒坐叨人第一蛾眉總對月初三賣花市散香沿路踏月歸影過橋春眠未成翻愛冷家書空寄不妨遲皆得寫性靈自然清絕也腐儒以雕巧輕之豈知鈍根人正當飲此聖藥耶乾隆丁巳丙寅

宋人猶有玉
堂人不寐
六藏皆曉
獻宸旒

唐人薛宜站
名其高宜近
物情

送張燕公云
胆隨忠作伴
心与道為鄰
又名應不朽輕
仙骨理到忘机近

或云詩無理語予謂不然大雅於緝熙敬止不聞亦式不諫亦入何嘗非理語然何等古妙六朝詩寡欲罕所缺理來情無存亦理語何嘗非詩家上乘至□源頭活水月窟天根等語便令人聞而生厭皆由于其言之不文也

詩家有說理而不覺其說理者如后山訓子云勉汝言須記逢人善即師項斯送友云為學心難足知君更掩扉其不說理而真乃說理者如唐人咏奕云人心無算處國手有輸時邵康節贈□云花見白頭人莫惱白頭人見好花多許魯齋即景云黑雲莽莽路昏昏底事登

佛心宋人空詩何由更得齊民煖。恨不偏于宿麦深。

車尚出門。直待前途風雨惡。蒼茫何處覓前村。本朝詩之有阮亭。猶古（本朝）文之有望溪也。其風格最正。其體段最潔。然過于尊之者。往往薄而弱。過于毀之者。往往亂而麤。所謂佞佛者愚。闢佛者迂。

佳句如斷圭殘璧。往往記之。程魚門新婚後。赴北闈鄉試寄內云。好誦華嚴勤自懺。隔生休嫁讀書人。盧雅雨身短。其咏李廣廟云。明裡自有千秋貌。不在封侯骨相中。胡稚威鴻博不第。咏落花云。入宮自詫連城價。失路偏多絕代人。朱贊皇未遇。咏牡丹云。盡道此花真富貴。有誰來看未開時（時）。朱香南主試秋闈。放榜前一日作云。

又無名氏云一點緇塵涴素衣。衣〻瘢〻。敎〻使人疑〻。縱敎浣偏千江水。曾似當初未浣時。

張孝廉雲璈西湖詩云：千萬柳絲齊作浪，六橋浮在浪花中。周宮詹楚渭西湖詩云：若把西湖比明月，湖心亭是廣寒宮。

「嚴侍讀冬友誦其夜課一絕云」

寄語群公高着眼，青衫明日淚痕多。陳明卿咏雪云：填平世上嶔崎路，冷到人間富貴家。薛生白咏月云：極明終是夜，持滿本無常。費滋衡咏遊仙云：世間何處成仙好，只有天台二女家。李嘯村首席即事云：馬齒坐叨人第一，蛾眉窓對月初三。孫文定公咏梅云：天地心從數點見，河山春借一枝回。慎郡王游盤山云：多事晚蛩偏細雨，背人南雁不回頭。周蘭坡別友云：臨行一把相思淚，當作珍珠贈故人。

蕪州黃子雲，號野鴻，布衣能詩。有某中丞欲見之，黃不可，題一聯云：空谷衣冠非易覯，野人門巷不輕開。其卒

外一聯云。村角鳥呼紅杏雨。陌頭人拜白楊烟。其上王

虛舟先生云兩晉而還誰翰墨。九州之内獨聲名皆佳

句也。子雲于城外構一草屋。客至則具雞黍夜留榻焉。

獨父子終夜讀書。客嘆其好學。曰。非也。我父子只存一

被。捐以供客。夜無以為寐。故且讀書耳。

王大中丞恕四川人。號楼山。過潮州感舊詩曰。金山遥

對鳳皇洲。策馬崆峒憶舊遊。二十七年如昨日。八千里

外似并州。室餘大樹翻斜日。尚有遺丁說故侯。路過西

州秋欲老。舊參軍也雪盈頭。此首許竹素先生為余誦之

劉春池賦白牡丹云神仙隊裡風流易。富貴塲中本色

陳棠瀾宮詹教余清書師也賦白桃花云後庭歌罷醒初醒前度人來鬓已華

難。蔣用菴御史賦白桃花云。亡息國因紅粉累。避秦人
是白衣尊。眞絕調也。皆有匹喻夾寫之妙
胡西垞落魄揚州。于除夕上盧轉運云。莽莽乾坤歲又
闌。蕭蕭白髮住江干。布金地暖生春易。列戟門高再見
難。庾信文章悲老大。孟郊詩骨極清寒。自憐七字香無
力。送與梅花閣上看。盧見之。即呼騶往拜。餽六十金。盧
招人觀虹橋勺藥。諸名士畢集。獨布衣金司農先成。云。
看花都是白頭人。愛惜風光愛惜身。到此百杯須滿飲。
果然四月有餘春。枝頭紅影初離雨。扇底狂香欲拂塵。
知道使君詩第一。明珠清玉比精神。一座爲之擱筆。又

薛年二十隨主人入都。卒于保陽。高請于方制府。遺材官十

盡杏花。題一絶云。香騘帶雨踏芳埃。墻内枝從墻外開。惟有杏花真得意。三年又見狀元來。如此落想。乃出天外。

詩家閨秀多。青衣少。高明府繼允有青衣薛筠郎。蘇州人。貌美藝嫻。賦秋月云。風韵亂傳杵。雲華輕入河。旅思云。如何野店聞鐘夜。猶是寒山寺裡聲。曉行云。並馬忽驚人在後。貪看山色又回頭。皆有風調。

近見沈歸愚選明詩行路難一首云。雪漫漫兮白日寒。天荆地棘行路難。批云。只此數字。抵人千百。予讀之不覺失笑。風蕭蕭兮白日寒。是國策語。行路難三字。是題

之殯
强送表刻
其遺稿屬
余。是白今余存
為三絕。 中集

目。此人所作。只天刑地棘四字而已。以此為佳。全無意
義。須知三百篇。如采采芣苢之類。均非後人所當効法
聖人存之。采南國之風。尊文王之化。非如後人選讀本
教人摹倣之也。今人附會聖經。極力贊嘆。以為字字俱
妙。有表弟章薙齋戲云。點點蠟燭。薄言點之。點點蠟燭
薄言剪之。註云。剪。翦去其煤也。聞者絕倒。即如少陵之
詩。何嘗不獨絕千古。然叢菊兩開。孤舟一繫。還泛泛故
飛飛。都是油調。韓詩如蔓涎角出縮樹啄頭敲鏗與蛙
翻白出濶何殊。倘從此入手。以為步趨韓杜。便入魔障。
有村學究言孔子論語。得力行一句。便是聖人。一富翁

余嘗疑後人稱
孔子刪詩之
說。而屬余
今不見于
三百篇中。而
見于他書者
如左氏之翹翹
車乘。招我以

以美之。豈無　姬
則田齋憔萃
之款表記之
昔吾有先正
其言明且清
古詩之而無
其擬偽戒穢
稿之類皆無
愧于三百篇者
而何以全删之
耶要知聖人
述而不作三
百者魯國
方策舊存
顛聖人定

笑曰。我已力行兩句。且終身矣。恐未必是聖人。問之。乃食不厭精。膾不厭細也。知此者可與言詩。

宋人好附會名重之人。稱韓文杜詩。無一字没來歷。不知此二人之所以獨絶千古者。乃妙在没來歷。元微之稱少陵云。憐渠直道當時事。不着心源傍古人。昌黎自稱云。惟古于詞必己出。降而不能乃剽賊。今就二人所用之典。證二人生平所讀之書。頗不為多。班班可考。亦從不自註。此句出何書。用何典也。昌黎尤好生造字句。正難其自我作古。吐詞為經。他人學之。便覺不妥耳。

東坡云。孟襄陽詩非不佳。可惜作料少。施愚山先生駁之云。

之使雅頌各得其所而已

大明大始中文章如同抄書文體大壞

蠶食桑而所吐者絲非桑也蜂采花而所釀者蜜非花也

之云。東坡詩非不佳。可惜作料多。詩如人之眸子。一道
靈光。此中着不得金屑。予頗是其言。按鍾嶸詩品亦云。
攜手上河梁。高臺多悲風。古人皆即景書情。羌無故實。
也。此言正與愚山之言相合。沈隱侯亦云。文章當從三
易。所謂易者。非草率之謂。言思之甚深。而出之甚顯。使
人易知易見耳。或問詩不貴典。何以少陵有讀破萬卷
之說。予答云。破字與有神三字。全是教人以讀書作文
之法。讀書如吃飯。善吃者長精神。不善吃者生痰瘤。嚴
冬友曰。凡詩文妙處。總在于空。譬如一室之內。人之所
遊焉息焉者。皆空處也。若窒而塞之。雖金玉滿堂。而無

金檜門汪抒懷二人詩生硬無味蔬中之刀豆也

女寵雖自古為患。而地道無成。其過終在男子。使太宗不死。武氏何為。李白咏古云。若教管仲身常在。宮內何妨更六人。

放身子處。又安見富貴之樂耶。鍾不空則啞矣。耳不空
則聾矣。聖哉言乎。
洞房昨夜停紅燭。待曉堂前拜舅姑。粧罷低聲問夫婿。
畫眉深淺入時無。此宋人擬新婦詩也。滿洲侍郎詩才絕佳保勵堂叔茂送
人納妾云。席上偶然教進酒。燈前怎敢遽呼郎。只因未
識夫人性。試問明朝那樣粧。
女寵雖自古為患。而地道無成。其過終在男子。使太宗
不死。武氏何能為。李白咏古云。若教管仲身常在。宮內
何妨更六人。楊誠齋咏吳宮云。但願君王誅宰嚭。不愁宮
裏有西施。唐人咏明皇云。姚宋不亡妃子在。胡塵那得到

中華又咏僖宗幸蜀云地下阿瞞應有語這回休更怨
楊妃此數首皆為美人開脫余咏陳宮云若教褒姒逢
君子都是周南傳裏人唐人又有云吴王事〻都顛倒
未必西施勝六宮尤奇妙

余雅不喜四皓事。曾著論非之。讀杜牧詩云。四皓安劉
是滅劉。可謂先得我心。錢辛楣先生曰安呂非安劉二詩
滕王閣惟方扶南為獨絕。其詞曰閣外青山閣下江。閣
中無主自開窗。春風來榻滕王帖。胡蝶入簾飛一雙。一首

近人滕王閣詩許子遜入檻江聲牙才子捲簾山色識滕王范栢坡湖經彭蠡雖為水閣到

杜雲川太史詔送周震夫之天長。僕馬俱已戒。途口號
一首云。招尋有約竟何嘗。判袂匆〻語未遑。半晌花前

隱王例有詩
俱抄脱

嫌日短。至第四句久停。乃疾書曰一帆江上到天長。真
巧對也
詩難其真也。有性情而後真。否則其中無我矣。詩難其
雅也。有學問而後雅。否則隨手打油矣。太白斗酒詩百篇。
東坡嬉笑怒罵。皆成文章。不過一時興到語。若認以為
真。則兩家之集。宜塞破屋子。而何以僅存若干。且可精
選者。亦不過十之五六。人安得恃才而自放乎。惟糜惟
芑。美穀也。而必加舂揄揚簸之功。赤堇之銅。良金也。而
必加千辟萬灌之鑄。
用典一也。有宜近體者。有宜古體者。有近古體俱宜者。

用典如水中著鹽。但知鹹味。不見鹽質。宋喬子曠好用僻書。人稱孤穴。詩人當以為戒

有近古體俱不宜者。即古體中亦有分別。有宜李杜之典。有宜溫李之典。有宜盧仝李賀之典。不可以為典而濫可爛入詩中也。用僻典如請生客。尤不可輕易据摭。自矜博雅。或稱予詩云。專寫性情。不得已而遣逸典故。不分門戶。乃無心而自合唐音。雖有不及。不敢不勉。像生花非不似也。雖牡丹芍藥。無不盡巧極妍。而人對之無情。不若無名草花。猶覺生氣動人。以高青邱笑古人作詩。今人描詩。描詩者。即像生之詩。所謂優孟衣冠。詩中之鄉愿也。譬如學杜而竟如杜。學韓而竟如韓。人何不觀真杜真韓之詩。而肯觀我之偽韓偽杜乎。孔子學

周公不如王莽之似也孟子學孔子不如王通之似也唐義山
香山牧之昌黎全學杜者今其集自有都是別樹一旗
所以貴也杜所折屑者庾鮑兩家而集中六絶不相似陸
放翁曰文章切忌參死句山谷云文章切忌隨人後皆
金針度人語今學唐者襲其皮毛學宋者拾其糟粕可乎
人莫不有五官百體何以男夸宋朝女稱西施能于此
着眼方足與論詩文昌黎荅劉正夫云足下家中百物
皆賴而用也然其所珍愛者必非常物皇甫持正亦云
虎豹之文必炳珠玉之光必耀須知色采貴華也故聖
如堯舜有山龍火藻之章淡如仙佛有瓊樓玉宇之號
彼擊瓦缶被短褐者終非名家

老學究論詩文。必有一副門面語。作文章必曰有關係。論詩學必曰重温柔。此店鋪招牌。無關貨之美惡。三百篇中。有關係者。有無關係者。有含蓄者。有說盡者。

鍾譚論詩。時墮魔障。然其佳句。自不可掩。其偶成云。子姪漸親知老至。江山無故覺情生。其送人下第云。似子何須求富貴。旁人未免重科名。皆可誦也。

懷古詩如。常州劉大猷題岳墓云。地下若逢于少保。南朝天子竟生還。羅仰峰咏始皇云。焚書早種阿房火。收鐵還留博浪椎。嚴海珊弔張魏公云。傳中功過如何叙。

偶閱詩累吟悵減。
稿到荒年飯量加。

為有南軒下筆難。松江女子徐氏咏岳墳云。青山有幸埋忠骨。白鐵無辜鑄佞臣。咏始皇云。蓬萊覓得長生藥。眼見諸侯盡入關。皆佳句也。

貧士詩如陳古漁雨昏陋巷燈無焰。風過貧家壁有聲。楊思立家貧留客干妻惱。身病閒遊惹母愁。朱草衣床燒夜每借僧榻。粮盡妻常寄母家。皆貧狀也。常州趙某一聯云。太窮常恐人防賊。久病都疑犬亦仙。乃真令人欲笑矣。

先祖旦釜公有詩一冊。皆蠅頭草書。予幼時曾手錄之。一行為吏。屢移眷屬。竟爾遺失。殊可恨也。僅記其在犖

縣幕中五十自壽沁園春二闋其一云自壽三杯仰天
稽首屈指徘徊嘆一經糟粕挂名入泮八場傀儡逐隊
登臺漸漸消磨人生老矣富貴功名安在哉休傷感且
搜尋禿管別作生涯傭書事屬吾儕權混迹藩籬學賣
獃任紆青拖紫名齊北斗論黃數白富比長淮與我干
事皆前定何苦攢眉不放開與君約在醉鄉深處不飲
休來又一闋云自壽三杯從今容卸追數年華憶金燈
縱飲呼盧唱雉雕鞍馳射問樅尋花此與非遥廿年前事
倏忽皤然老缺牙憂來處把唾壺敲缺羯鼓頻撾幾年
浪迹天涯若个是狂夫不憶家看零丁弟妹睜睜望我

恨不乘風二句疑有脫誤

嬌柔兒女悄悄呼爺恨不乘風歸去可奈何關河道路賒黃昏後問有誰伴我數點寒鴉又詠雪一聯云忽然捲幔如逢月可惜開窗不見山途中遇雪云四望平林飛鳥絕一肩行李店房賒弔某將軍二首倣李義山體亦奇偉其詞云甘露聞奇禍高天隕角星麒麟無轡策鷹隼有雷霆夢為防秋隔書因絕塞停空山留馬迹孤劍走龍庭慮喪孫綝首偏遭鄧艾刑他時懷李牧臨陣失甘寧賀酒仇家飲書詞海內聽功高魂自壯究甚目難瞑一代丹書議千年野史亭私情與公論同付淚熒熒

尚有皐陶鬼能空貫索囚如何檀道濟枉唱白

浮鳩鑾極皐蘭下提歸賛普頭修期馳露布馬燧賀宸旒半夜天星動長城萬里休五聽聲未畢三犬血先流誰訟陳湯罪空懷谷永憂歐刀秦下相草索漢涼州黄雪飛炎海紅（霜）澹早秋傷心丞相議真報郅支仇

叔父健磐公遊幕西（粵）三十餘年卒時香亭弟年才十歲以故詩多散失搜篋中僅存見寄（余宰沐邑時）五律云獨向空庭立立詩思入沭陽才先施簡邑俸可養高堂不是池中物寧愁鬢上（霜）茱萸如有感應亦賦蒼蒼

昔曾相對語忽被別離牽魂夢千山外叮嚀十載前遥天空有雁岐路懶思蓴昨歲言衰邁於今又一年

吾生最飄泊淚迹

滿征衣紫陌春猶在青年事已非水寬魚未活樹密鳥
難依朽骨埋何處秋原瘴兩飛　夢成雞已唱夢不到
江東月色虚無白燈光恍惚紅翻疑骨肉棄漫訴路途
窮笑看痴兒女尋花逐曉風　中心無一可把酒讀殘
編至聖存羊意詩人相鼠篇不勝悲潜翙何君詛後前
獨醒徒為苦頹然抱醉眠　虚窓人寂寂情緒却何如
老至兒童遠貧來親友踈字難誰可問花好自來鋤力
倦思休息階前草未除　浪迹謀衣食無聊作硯耕樵
宜香委曲飾制少聰明得飯常過午挑燈每越更歷經
艱苦境徒自惜餘生

乙未冬月余在蘇州太守孔南溪之招飲同年席上夜深矣余屢欲起而孔吾留不因誦小坐強于去後書一句予為淒然泣下問是何人之作曰

任進士大椿別友詩云無言便是別時淚也首句云

任故予年家子也曾見刻一集中多選僻詩何此二句綿婉乃尔

在孔南溪太守席中臨別太守吾留誦此二句予為泣下

人有生而婢阿者不獨在優伶也傅王露侍講有一聯

云鶯花日辦三春事風月天生一種人

嚴舍人冬友最愛陳梅岑偶檢殘書得舊詩之句以為

閒中翻卷往往有之

故本之句蓋見童易長亦家常宜有之書

梅岑云天花作骨詩難練春水如情剪不分陳郎足

以當之

梅岑云看花好似尋良友得句翻疑是舊詩

似村公子

張南華先生畫筆隨意畫白頭烏。立桃花上。索人題詩。李玉洲先生題云桃花紅滿三千歲青鳥飛來也白頭。

程魚門多鬚納妾尹公子璞齋賀詩云。鶯囀一聲紅袖近。長髯三尺老奴來。文端公亦為□一笑。

熊蕉泉觀察咏蘭云。伴我三春消家書。垂簾一月不燒香。予謂第二句。並非馬蘭花而□的是蘭花。

桐城孫□□嚴鴻逵以[redacted]題采石詩云。從古江山開不得半歸名士半英雄。蓋一指太白。一指常開平也。

尹公子似村小園絕句云。春草自來甚不畫。與花無礙不嫌多。深得司馬溫公所云。草非礙足不芟。包容氣象。

就飲李守倫家倫陌吾濟終日酒一壺杜

蕪州徐處士緒孤貧早死為選録遺詩刻之幽光集詩一集卷意致蕭寺
中託其春草一聯云踏青渺渺前無路埋玉深深下有
人周吏目班字其相咏落花云鶯從此日空啼樹人到
明朝懶上樓贈隨園云南國至今悲賈誼為他偏值聖
明時宵溫柔可愛

予贈詩云吳市布衣大杜陵詩骨尊蓋實録也

唐七郎年十六作落花詩云零落嫣紅留不住楊花相
約過鄰家新鮮可愛

二更

方制府問亭栽綿花招幕府吟詩多至數十韻桐城馬
蘇臣曰我止兩韻乃搖筆云五月榴花秀八月棉花乾花
問天下煖花落天下寒方公擊節不已

常州楊揩有一聯云從知姹紫嫣紅外衣被蒼生別有花

抱韓杜以凌人而粗脚笨手者謂之權門托足。倣王孟以矜雅。而半吞半吐者謂之貧賤驕人。開口言盛唐者謂之木偶演戲。故意走宋人冷徑者。謂之乞兒搬家。好疊韻次韻。剌々不休者。謂之村婆閒閑話。一字一句自註來歷者。謂之骨董開店。作古體詩極遲不過兩日。必得一佳構。作近體詩。或竟十日不成一首。何也。蓋古體地位寬餘。可使才氣可使卷軸。而近體之妙。須不着一字。自得風流。天籟不來。人力亦無如何。今人動輕近體。而重古風。蓋于此道未得甘苦者也。葉庶子書山曰。子言固然。然々人功未極。則天籟

蔣苕生太史題隨園集云古來只此筆數枝怪哉公以一手持令雖不能當此言而私心竊向往之

另寫此段

古人門户一段另寫

亦無因而至雖云天籟亦須從人功出知言哉詩之境界甚寬家數甚多不可徑：然域一先生之見自以為是而妄薄前人須知王孟之詩豈可施諸邊塞杜韓之體未便播之管絃沈宋莊重到山野則俗盧仝險怪登廟堂則野古人各成一家業已成名而去後人不得不兼綜條貫相題而出之雖才力筆性各有所宜未容勉強寧藏拙而不為則可護其所短而反譏人之所長則不可以宮笑角以白詆青者謂之陋儒古人門户雖各自標新亦各有祖述如玉臺新咏溫李西崑得力于風者也李杜排奡得力于雅者也韓孟奇崛

得力于頌者也。李賀盧仝之險怪。得力于離騷天問大招者也。元白七古長篇。此得于初唐四子。而四子又得之于庾子山及孔雀東南飛諸樂府者也。今人一見文字艱險。便以為文體不正。不知載鬼一車。上帝板板。已見于毛詩周易矣。

詩宜朴。不宜巧。然必須大巧之朴。詩宜澹。不宜濃。然必須濃後之淡。譬如大貴人功成宦就。散髮解簪。便是名士風流。若少年紈綺遽為此態。便當笞責。富家雕金琢玉。別有規模。然後竹几藤床。非乞兒貧相。

牡丹詩最難出色。唐人國色朝酣酒。天香夜染衣之句胡稚威云。難為不負春風地。直使能移一世心。

張元咎並頭牡丹云。月下故應相伴語。風前各自一般愁。亦妙。

不如嫩畏人看損。嬌疑日炙消之寫神也。其他則（如）應為價高人不問。恰緣香甚蝶難親。別有寄托。買栽池館疑無地。看到子孫能幾家。別有感慨。皆佳句也。本朝沙斗初云。艷艷嚴粧常自重。明明薄醉要人扶。裘春臺云。一欄并力作春色。百卉甘心奉盛名。羅江郵云。未必美人都富貴。斷無仙子不樓臺。此數聯者。足與古人頡頏。元人賦牡丹詩亦妙。其詩云。棗花似小能成實。桑葉雖粗解作絲。惟有牡丹如斗大。不成一事又空枝。

楊花詩查他山。春如短夢初離影。人在東風正倚闌。在空處描神。佳矣。然黃編修之雋一聯云。不宜雨裏宜風

翁朗夫咏春柳云千里因依惟夜月一生消受是東風迎來桃葉如相識情得楊枝是小名亦可愛也

裹未見開時見落時。楊觀察守如（嚴遂成刺史）[一聯]云每到月明成大隱轉因雲熱得佯狂。薛生白[一聯]云飄泊無端疑白也輕盈真欲類虞兮。虞東皋[一聯]云飄來王屑緣何軟看到梅花尚覺肥。意各不同皆妙境也。楊（嚴）又有咏桃花一聯云怪他去後花如許記得來時路也無。無一字用典真乃絕世聰明。

同年裘文達公曰修臨（卒）語家人曰我是燕子磯水神今將復位死後汝等送靈柩還江西必過此磯磯有關帝廟可往求籤如係上上第三籤者我仍為水神否則或有譴謫不能復位矣言終卒家人聞之疑信參半有蓍

頭其信之獨堅。曰公為王太夫人所生。太夫人本籍江寧。渡江時。曾求子于燕子磯水神（廟）。夜夢一袍笏者曰與汝兒。并與汝一好兒。太夫人驚醒。逾年生公。此言不可不信。公妻熊夫人。挈柩歸。至燕磯。如其言。卜于關帝廟。果得第三籤。遂舉家大哭。燒紙錢蔽江。立木主于關帝廟之旁。旁有尹文端公詩碣。予往蘇州阻風于此。乃揖（其）主而題壁曰。燕子磯（邊）泊。黃公壚下過。摩挲舊碑碣。惆悵此山阿。短髮皤皤雪。長江淼淼波。江神如識我。應送好風多。次日果大順風。

凡詩以比興為佳。王孟亭箴輿守懷慶時。與盧焯（中丞）同寅。

何南園亦有句云莫怪家鄉容易別人間水亦有分離

王被劾罷官。二十年後。盧為浙江巡撫。王往見之。盧待之甚優。許其薦舉。而王自傷老矣。且不欲再談往事。故因西湖宴集。南姓詩云。再移畫舫春應老。重撥朱絃恨轉生。盧為愴然淚下。

翁明經照獻稀相國詩云。此身得遇裴中令。不向香山老一生。相國喜。以博學鴻詞薦之。解秀才仲發自題其扇云。常呼庚癸家雖窘。多讀詩書命亦佳。尹相國見之。喜。即延為西席。

湖州凌秀才雲過分水龍王廟詩云。從此休彈遊子淚。料應流不到家鄉。十分水十字。貼切不俑。

乾隆丙辰余二十一歲起居叔父于廣西撫軍金震方先生一見即有国士之目特疏薦博學鴻詞手草奏章首敘年薦再奏文學并列又云其爲人性情恬淡舉止安詳絶無年少輕

廣西巡撫金震方先生。予博學鴻詞舉主也。有詩集数卷（没後其家式微）無從編輯。僅記其答幕友祝壽云：浮生虛逐黃雲度，高士羣歌白雪來。又題八桂堂云：盡日天香生晝戟，有時鶴舞到匡床。皆余二十一歲在署中所見也。想見撫粵九年政簡刑清光景。今四十二年矣。知己之感。終身誦之。

李嘯村虎邱竹枝詞。已極新艷。而楊次也先生西湖竹枝。乃更過之。李云：橫塘七里路西東，侍女如雲踏軟紅。才到寺門歡喜地，一時花下筍輿空。仰蘸楼畔石梯懸，步步弓鞋劇可憐。五十三參心暗數，欵斜扶遍阿娘肩。

浮之習必為厚重大成之器希語一時廣西司道爭來探問公每生○八桂堂見属吏談公事必及枚之某詩某句渾之道之并及其容止動作性情嗜好李張不

佛座燒香一瓣新慈雲低覆落花塵不妨許盡癡兒女那有如來更笑人女冠裝裹認依稀只少穿珠百八圍豈是閨人真好道阿儂愛著水田衣楊云自翻宮曆揀良辰幾日前頭約比鄰郎是祈晴儂乞雨要他微雨散閒人斟酌衣裳稱體難回時膛熱去時寒侍兒會得人心意半臂輕綿陽夜安乍晴時節好天光紈綺風來撲地香花點胭脂山潑黛西湖今日也濃裝烏油小轎兩肩扶紙縵窗紗有若無裡面看人原了了不知人看可糢糊時樣梳粧出意新鄂王墳上小逡巡擡頭一笑匆匆去不避生人避熟人遊人魚貫各分行就裏妍媸畧

曆

已校每日在屏後聞之惶悚愧汗然聞公見客亦必隨而竊聽○也臨入都時駐七排一首有云萬里瀾前修薦表百官屋上嘆文章蓋實錄也

自量老娉當頭娘押尾垂髫嬌女在中央珠翠叢中逞別才時新衣服稱身裁誰知百裥羅裙上也畫西湖十景來白石敲光細火紅繡襟私貯小金筒口中吹出如蘭氣僥倖何人在下風苔陰立按雙鬟貼地弓鞋一寸彎行轉長堤無氣力累人換着上孤山白舫青尊挾妓遊語音輕脆認蘇州明知此地湖山勝偏要遮心譽虎丘悄寄行蹤自戒嚴朱藤轎子綠垂簷輕風畢竟難防備故叢揭轎簾朋儕遊興畧相同裡外湖橋究轉通覿面幾番成一笑剛才分路倏相逢畫舫人歸一字排半奩春水淨如揩斜陽獨上長堤立拾得花間小鳳釵

黃莘田先生虎邱竹枝曰：昏崖老樹落朱藤，漏出紅紗隔葉燈。不畏霓裳有風露，吹笙樓上坐三層。斑竹薰籠有舊恩，湘妃節節長情根。吳娘酷愛衣香好，個個將錢買淚痕。千點琉璃八角亭，劍池寒水浸華星。天生一片笙歌石，留與千人廣坐聽。畫鼓紅牙節拍繁，崑山法部鬪新翻。順郎年少何戡老，海燕亭前較一番。樓前玉杵擣細牙，簾下銀燈索點茶。十五當壚年少女，四更猶插滿頭花。湘簾畫楫趁新涼，衣帶盈盈隔水香。好是一行烏桕樹，慣遮朱舫坐秋娘。又西湖竹枝曰：畫羅紈扇總如雲，細草新泥簇蝶裙。孤憤何關兒女事，踏青爭上岳王

又程午橋紅橋竹枝云：青溪碧草兩悠悠，酒地花塲易惹愁。月暗玉鉤人散後，冷螢飛上十三樓。米家舫子只琴書，秋水新添二尺餘。一帶管絃鋪棹緩，橋邊簾幙上燈初。遊人爭喚酒家船，兒女心情更可憐。未出水関三四里，家家閑閣整花鈿。不厭朝陰愛曉晴，園

林相倚百花生梨
紅杏白休輕喚簾
底防人認小名法
海橋頭酒半闌
水嬉烟火盡餘
歡笑他避客雙
鬟女一半褰簾
側鬢看

墳梨花無主草堂青金鏤歌殘翠黛凝䰟斷蕭蕭松柏
路蒲天梅雨下西陵皆足冠絕一時也
乾隆戊辰李君宗典權知甘泉書來道女子王姓者有
事在官可作小星之贈予買棹揚州見此女于觀音
菴與阿母同居年十九風致嫣然予挽衣掠鬢了無
忤意欲要之而以膚色稍次故中止及解纜至蕪州
重遣人相聘則已為江東巡檢石其所得矣途中悵悵
為作蒲江紅一闋云我負卿卿撑船去逆風殘雪曾記
得庵門初啓嬋娟方出玉手自翻紅翠袖粉香聽摸風
頫問姮娥何事不嬌羞情難說既已别還相憶重訪舊

明將軍
一行寫

杳無跡。想盧江小吏云：折得珠落掌中，偏不取花看
人。折方知惜。笑平生雙眼太孤高。何益。
岳大將軍鍾琪為一代名將，而工于吟詩。丙辰赦歸後
種菜于川之百花洲。尹文端公贈詩云：他日朝廷需上
將，江天何處覓漁翁。未幾，征金川，果復起用。
邯鄲乃題壁云：只因未了塵寰事，又作封侯夢一場。明
將軍瑞珣節緬甸，忠勇最著，而工於吟詩。如雨中過
石門山云：笑予馬上櫜鞬客，獨立溪邊問渡船。元夜歸
省云：陌上晚烟飛素練，渡頭殘雪踏銀沙。送弟瑶林使
烏斯藏云：寒分百戰袍，渴共一刀血。皆名句也。其弟明

義詩尤嫺雅。其醉後聽歌云。官柳蕭蕭石路平。歡場回首隔重城。可憐驕馬情如我。步步徘徊不肯行。涼風吹面酒初醒。馬上敲詩鞭未停。寄語金吾城慢閉。夢魂還要再來聽。又東風不解瞞人度。才入竹來便有聲。（閒意云）（皆清妙）巖寒夜不負香衾。有幾人。予皆愛誦之。

徐相國蝶園先生詩逼盛唐。記其送人出塞云。落日重關閉。秋風萬馬來。勉旃從此役。莫上望鄉臺。

蘇州逸園。離城七十里。在西磧山下。面臨太湖。古梅百株環繞。右主人程鐘。字在山。隱士也。妻號生香居士。夫婦能詩。有絕句云。高樓鎮日無人到。只有山妻問字來。

忠烈將軍三娶名媛。皆見逐于姑。有於翁之恨。最後娶都統常公季女。伉儷甚篤。征緬時。夫人送行詩有但願同調並蒂蓮之句。公果死節，而夫人亦自縊。

可想見家庭之樂矣。予避六十生辰，探梅鄧尉，才得往訪。又復不值。次日程君入城作答，鬚眉清古，勸續前遊，而予匆匆辭纜。逾年至蘊州，程君已為異物。予為愴然。賦詩哭之。有與君一見了前緣之句。蓋實録也。記其樸詠一絶云：樵者本在山，山深没樵徑。不見採樵人，樵聲谷中應。

乾隆丁巳，予寓沈椒園太史家，宗學教習廣東莊君有恭來謁，遂與予交。次年同舉京兆，又次年同入詞林。及余改官江寧，莊來督學，而予已乞病矣。留飲院署，即席見贈云：十載韶華彈眼過，回頭塵夢揔南柯。雲中五色光同照石上三生話轉訛。西苑鳴鷄留舊榻。大江擊楫感流波。我来君去緣慳甚。卧轍空聞喚柰何。念舊情深老僕同。驚人劇笑舌鋒雄。狂奴故態吾猶在。外吏趨庭爾竟工。鐘鼓最嫌頻促漏。弟兄何事類飛蓬。千金一刻輸今夕。星聚從占太史公。折翼抽簪愽遯肥。潮平風利幾人歸。憐才異國多青眼。返哺三春戀寸暉。若水急流仙骨異。小山叢桂宦情非。隨園别貯人間世。抱甕輸君早息機。熱血横腔點點丹。放言歸後忽無端。人傳此日陳情容。我卜他年捉鼻安。一局全棋高不着。千秋蒼鶴老誰彈。豐干莫怪多饒舌。叅透梅花冷眼看。莊後巡

[illegible]
者。適同年徐景熹陶鏞至也。所云憐才者。指制府策公若留我也。

撫江蘇。官至亞相而卒。詩多不存。故記而錄之。所云星聚者。適席間徐景熹陶鏞兩人全年至也。所云憐才青眼者。以制府策公楞若留我也。不許乞病大將軍明公瑞之弟。諱仁者。領軍征西掛。香亭字南陽陶適家弟香亭字此邑明府于未到前三日。先用羽檄遞一詩云。香亭大駭。祈視。乃詩一首云。双丁二陸擘名久。今日相逢在道途。寄問南陽賢令尹。風流得似予才無。嗚呼。枚與公絕無一面。而嚮慕其推挹如此。尋託尹似村公子索詩。枚書扇奉寄。而公已歿軍中。故枚挽公七律一章云。遠蒙宗國問才名。知己何曾一識。制團扇詩才從北寄。雕弓人已赴西征。通侯門第文兼武。上將沙場死亦生。還奠寒雲指一轂。海天兒亭盡交情。

錢少司空之弟維喬，詩才清絕。予覓其稿未得，但記其佳句云：「暮雲如畫不成雨，好鳥去人漸近山。」

楊州郭元釪，字于宮，康熙間名士。秋闈考試偶誤一字，將文卷挖一小孔，補綴書之。外簾官（收卷者）動以違例，不許入場。于宮乃作挖孔詩四首。一自嘲云：「吾道真成一喟然，仰高未已忽鑽堅。（甲午北闈首題仰之彌高一句）似餐脈望三枚字，未補媧皇五色天。眼底金篦昏待刮，年來玉楮刻將穿。海山伴侶飛騰盡，慚愧偏為有漏仙。」「一鏬虧成抵海寬，功名贏得齒牙寒。時情畢竟吹毛易，筆力須知透背難。混沌畫眉良可已，虛空著楔本無端。些些紕縵無多子，勞動諸君反覆看。」自有靈犀一點通。何須鈌陷怨蒼穹。東鄰宋玉能穿穴。西域張騫解鑿空。捩眼笑他光似豆。拖腸憐我氣如虹。誰知百步穿楊手。如此詩張洞札工。家人不得泥金字。好事争傳挖孔詩。千佛名經先挂榜。多年老婦倒綳兒。醫治筆顛無靈髓。傾倒書囊有漏卮。身世自憐還自笑。此生相誤只毛錐。

余在王孟亭太守處。翻閱舊簏。得劉大山先生（手書詩冊）賀其祖楼村狀元移居云。官如蠶受繭絲纏。鬱〻惟將邸舍遷。家具無多移校易。街坊太遠住堪憐。月逢廟市剛三日。俸筭詞林已六年。閉户忍飢都不患。只愁囊乏買書錢。門前哀〻萬車塵。如海王（樣）城隱一身。今雨依然如舊雨。館人原自（本）是鄉人。竹西歌吹窓前夢。劚北鶯花市上春。莫以家山動愁思。且来祭竈請比鄰。碧山堂裡老尚書。二十年前此卜廬。
任。昉交遊今在否。羊曇涕淚痛何如。頹廊有覺奔飢鼠。廢
圃無墻種野蔬。此日君居最相近。教余一到一躊躇。大山
名巘。江浦人。但知其工作時文。而不知詩才清妙乃尔
所云碧山堂尚書者。即徐健菴尚書。國初領袖名場。所
帀名士歸東海者是也。查嗣瑮詩云。分明萬壑歸東海。不
到。朝宗轉自疑。可謂善于推尊者矣。
丁巳翰林蔣允焄。散館改縣令。草異入都。
并見宮门諸詞。且俱其後。單乃䟽詩云三
千宮女如花貌。都自明妃去後来。

李穆堂賀安溪相公生子云：其間原必有，幾月辨之無。沈椒園登陶然亭云：每來此地皆重九，有約今遊已三回。旋式學贈友云：兩人相手齊大笑，一路全行到小姑。

詩家活對最妙。李西崖與程篁墩聯句云：「五風十雨梅黄節，二水三山李白詩。」真山民詠杜鵑云：「歸心千古終難白，啼血萬山都是紅。」

揚州爲鹽賈所居，風尚侈俗。崔侍郎應階詩云：「青山也厭揚州俗，多少峯巒不過江。」

常熟陳見復先生，爲海內經師，品醇德高，而悼亡二首極爲風韻。其詞曰：「出門交寡入門求，晤語居然近上流。寂寞於陵殘紡績，他時誰與謚黔婁。」「何必他生訂會期，相逢即在夢來時。烏啼月落人何處，又是一番新別離。」

常州鐵綠軒司寇之女名孟鈿，字浣青，一代才女也。嫁崔進士龍見為富平令。嚴侍讀從長安歸，夫人厚贈之。嚴問至江南當帶何物奉酬？曰：無他需，只望寄袁年伯詩集一部耳。其風雅如此。因誦其佳句，五言如「啼鳥空繞樹，殘夢只隨鐘。」「落葉馳歸夢，高雲壓斷鴻。」七言如「咏

雪花飄中
進士不殿
試而歸曰
馬力健知
遊冀北榜
方柔覺
到江南題
名浪逐看
[illegible]年古国

蘇州袁[illegible]才[illegible]自號青溪先生，[illegible]宗儒之學，著書數千言，以性物目之。年八十餘，康強不衰，暮猶上書，多自遣云不[illegible]。落古人家數，予詞其解，惟求則非知也。歌兩節，歸是聖人指點之詞，非曾點問詞也。愛其近理，得訪之而君亡矣，為錄其明覺寺聯云：「燈火熒熒滿法堂，僧家愛靜亦偏忙。亦知世上逍遙客，踏月閒吟到上方。」夏日寫懷云：「風過靜聽松子落，雨餘閒數藥苗抽。」煖云：「似閒[illegible]表[illegible]為閒[illegible]霧送朝[illegible]」

以下皆錯寫於原稿中爲錄入殺者可也古經如稿前已墨既矣外初

崔進士龍見為富平令。嚴侍讀從長安歸夫人厚贈之。嚴問至江南當帶何物奉酬。曰。無他需。只望寄袁年伯詩集一部耳。其風雅如此。因誦其佳句。五言如啼鳥空繞樹。殘夢只隨鐘。落葉馳歸夢。高雲壓斷鴻。七言如咏涼檗云。風雨欲來愁半掩。音書初寫記頻挑。通天臺銅人事寒潮隨月上。生涯落木與霜親。其洛陽一首云。形勝天開百雉城。銅駝幾見暮雲更。南來莫再桑遺宅。第一人才只賈生。唐昭陵石馬歌云。虬髯真人二十四。手挽黃閒討欃彗。百戰未嘗輕失利。出死入生憑一騎。凡駕何能假鞭鑾。蹀躞六龍天上至。拳毛白蹄特勒驃。骨相

雪花飄中進士不殿試而歸曰馬力健知遊莫北榜声柔覺到江南題名浪逐看花伴去国還全落篛人又偶成云書因借得看道急友為無多誼轉濃

更教青騅驍乘之陷陣風雲高盡使萬馬瘖不驕次第
制平諸替逆。蜀斗登宵、、
歌云武皇歲起雲陽宮高臺屹與雲漢通欲求真訣鍊顏色
紫瓊之露飛濛〻青霄不下兩皇子十二仙人一夜死文成五
利不及一步翁能使香魂望如水淒〻茂陵月玉盌埋苔碧
雖開舍人臺空蕤方朔戟當塗代漢逾百年銅人之淚流
作鉛移徑灞水亦傷別廻頭立盡東關烟古今興廢皆
陳迹金石有情悲過客化為銅駝臥荊棘

元遺山訊秦少游云有情芍藥含春泪無力薔薇卧晚
枝。拈出昌黎山石句方知渠是女郎詩此論大謬芍藥
薔薇原近女郎不近山石二者不合相提而並論詩題

更数青騅驍。乘之陷陣風雲高。畫使萬馬瘖不驕。次第削平諸僭逆。芻料登槽三品有。帝謂未足酬其力。肖像昭陵斵以石。百年天地生塵埃。胡騎蹴踏潼關開。石馬流汗形蒼翅。彷彿先帝神靈來。生能騰驤死猶怒。不負文皇顧屢顧。下視哥舒直狐兔。五雲長飛松栢路。月出衣冠未改步。蘚積苔深誰敢仆。廣明刼火關天数。馬亦無聲卧寒露。繭紙蘭亭落何處。

元遺山譏秦少游云。有情芍藥含春泪。無力薔薇卧晚枝。揺出昌黎山石句。方知渠是女郎詩。此論大謬。芍藥薔薇。原近女郎。不近山石。二者不可相提而並論。詩題

杭州

各有境界，便各有宜稱。杜少陵詩光燄萬丈，然而香霧雲鬟濕，清輝玉臂寒，分飛蛺蝶原相逐，並蒂芙蓉本是雙，又何嘗不是女郎詩耶？（東山耳棣新孔嘉，其舊如之何？周公大聖人，亦且風譚盛此。）

杜茶村為國初逸老，人多重其五律，余以為襲杜之皮毛耳，甚無味也。獨愛其咏海棠一句云：全樹開成一朵花。真乃善形容海棠之盛者。（或云顧古之所作。）

沈總憲近思居京師，特孤清自守，不携眷屬。（而世宗賜第，其外大……）弟項霜泉戲贈一對聯云：三間無佛殿，一介有毛僧。

晁君誠詩：小雨愔愔人不寐，臥聽羸馬齕殘芻。真靜中妙境也。黄魯直學之云：馬齕枯萁喧午夢，誤驚風雨浪

翻江。便失之大，狠毫無意致矣。少陵鈎簾宿鷺起，丸藥
流鶯囀，天趣自然。王荆公學之，云青山捫虱坐，黄鳥挾
書眠。便墮入魔境矣。

詩句華妙，亦稱其人之性情，非迂儒寒士所能强作。湯
少宰右曾有句云：楼臺鶯蝶春喧早，歌舞江山月墜遲。
張大冠照有句云：安得紅羅千萬疋，漫天抹地繡鴛鴦。
自是金華殿中語。

隐仙菴道士周明先善琴，能詩。余爱其佳句云：神仙樂
事君知否？只比人間多笑聲。又竹間楼小窓三面，山裡
人稀樹四隣。壁琴風過聞天籟，香椀灰深鳥篆烟。雨中

又大道緣從心死後此身悮在我生前

破壁蝸留篆。醉後餘腥蟻起矣。又新笋成時白晝長。皆佳句也。

姑蘇隱者殷如梅字羽調。野望云。亂鴉多在地。深樹不藏村。咏瓶花云。望去分明臨水岸。開殘容易逐楊花。咏梅云。自是歲寒松竹伴。無心要占百花先。皆可傳也。謝人惠佛手啓云。數来千指屈伸。總是無名。看去兩枚大小。豈能垂手。憎蚊云。以啓其毛。何堪供汝流歠。不濡其味。亦且驚我虛翫。駢語亦佳。

杭州多高士。梁秋潭先生從子詩正。中探花後。遂不入場。恥以官奏中故也。其觀垂釣云。一溪新漲失前汀。照見青山處處青。香餌自香魚不餌。釣竿只好立蜻蜓。題采芝龕云。山間石上爛生光。曾受青城道士方。自采自餐還自壽。不来朝市説禎祥。即此二詩。可以想見其風骨。他如宋杏洲先生咏槐花云。寄語世間諸舉子。不應才到此時忙。早發郏縣云。人面月光白。馬頭塵影黄。周徵士西穆宿京口云。燈桅夜久中流動。鈴塔風清獨語傳。湖上分韵云。野鷗道我有閑意。新柳笑人成老夫。施文學竹田聞雁云。疑兼涼雨下。忽導一舟行。湖上修禊云。乍收春雨山俱近。忽轉垂楊路欲迷。湖心亭云。六時但有蘋風至。五月来看梅雨晴。皆不愧高人風格。

余幼時游西湖。見酒楼號五柳居者。壁上題詩甚多。皆不久即圬去。惟西穆先生一首。墨瀋淋漓。字寫争坐位帖。歷七八年如新。蓋酒楼主人及来游者。皆敬護而存之其為名士故也。題是冬日仝樊榭放舟湖上。念桒城尺鳧都已下世。弥覺清游之足重也。分韵同作。云一角西山雪未消。鏡光清照赤闌橋。小分寒影看梅色。半入春痕是柳條。閱裡安排塵外迹。酒邊珍重故人招。孤烟落日空臺榭。歲晚重來話寂寥。後三十三年。余再至湖上。則壁詩無存。西穆樊榭久歸道山。而酒楼主人亦不知名士為何物矣。嗚呼。

宋人如水泥行郭索云木叶鈎輈不過一蟹一鷓鴣而已歲暮卷官能自保日高青女尚橫陳含風鴨綠鱗鱗起弄日鵝黃裊裊垂不過松霜水柳四物而已有類廋詞了無餘味

吾鄉詩有浙派蓋始于厲樊榭先生在揚州馬秋玉家所見說部書甚多故好用僻典及零碎故事有類清異錄二種不知先生之詩其佳處全不在是嗣後學之者不過以瓶為軍持橋為略彴箸為挾提棉為芮溫提燈為懸火熨斗為熱升草屨為不借鶯為鈎輈蟹為郭索松為蒼官霜為青女墻必亞字簾必丁字艇必瓜皮帽必笋皮之類數之可盡味全嚼蠟吾同徵友萬光泰詩學甚深亦時犯此病陳古漁宗明七子故嫉之尤深程魚門與爭不決予為作跋語于後以釋兩家之惑載文集中范精于五七古近体非其所長然其可採者如題賕雲洞云浮雲亦有家胡為中路題

又按世說郗隆為桓公南郡參軍三月三作詩曰娵隅躍清池桓問何物曰魚也桓問作詩何以

白傳

開元寺云古樹烏巢密疏寮客到稀鈴空隨瓦墜碑斷入牆填方鏡云自笑相逢全柄鑿封侯誰有面如田金鰲玉蝀橋云曉来濃翠東西映也笑蛾眉對仗班咏藤花云禽雛出樹迎殽樂虺蔓堆庭踏影驚到南昌云隔省鄉音童子怪過灘風色長年知湖經彭蠡難為水閣到滕王例有詩皆卓然可傳

商寶意先生擬古云恩同花上露留得不多時萬柘坡送張徵士云相逢似春雪一夜不能留二意相全而俱妙元微之傷心落殘葉猶識合昏期亦此類也意味相

李穆堂先生詩以少作為佳位尊後有率易之病予所

作蠻語曰千里投公才得蠻部參軍那得不作蠻語此用替代字在宋人已先有之要知文選中以日為暘……月為蟾蜍……替字久已避觴矣唐陳子昂始一洗而空

選者皆其未第時。及初入翰林之作。其東平州看杏花一
絶云。断雲斜日過東平。楊柳風來葉葉輕。莫為春陰便
惆悵。杏花如雪更分明。其他如落葉云。寒來千樹薄。秋
盡一身輕。即事云。欲向春深淺。飛花淡不言。湯泉云。漢
井炎方熾。周京德肯涼。日暮云。鳥栖隅屋山初暗。燈影
當窗紙未溫。惜乎晚年不屑為此種詩。亦不能為此種
詩矣。
王阮亭尚書未遇時。受知于[redacted]宗伯。故詩集卷首即録
其所贈五古一篇。用蕭豪韵。穆堂未遇時。受知于阮亭。故
哭阮亭五古一篇。亦用蕭豪韵。姜西溟哭徐健菴司寇詩

用張文昌哭昌黎韵。可見（想）古人敬應氣求。後先推挽之盛。

吾鄉文學曹芝字荔帷。以好名貧其家。詩稿甚富。僅記（樊榭：：而亡。）其宿隨園見贈一首云。蓬蘿年：靜掩扉。好風吹上芰荷衣。青山一覺鶴同夢。白髮滿頭花打圍。肯與凡禽爭飲啄。果然天馬脫鞍鞿。陶歸邴罷閑何事。出處如公世所稀。

真州尤蔭字貢父。年未冠。即從康王出獵古北口。有書生從羽獵也。繫虎皮裙之句。咏隨園紫玻璃窓一首。紫烟飄渺水精宮。片：流光製電同。山隅一層常暮色。花開四季總春風。一座爲之擊節。惜忘其下四句。
真州程基字灌夫、以詩見投者十餘年矣、至今猶未見
面。予愛其新柳詞云、日出園林露氣收。田家屋上叫春
鳩。東風自綠垂楊色。何事蠶人怕倚樓。其㊀五古亦峭
拔。江村襍咏云。長橋接山麓。獨往心悠然。隅岸松風來。
照水衣裳鮮。樵人歌自和。沙鳥戲復眠。徘徊望汀浦。日
暮生寒烟。板橋山勢如渴猊。屹然臨水立。水深靜不波。
石潤晴常濕。風俗好遠遊。車馬嶺頭集。四望天都峯。明
朝異鄉邑。茭草嶺晶瑩岸旁沙。平行百餘頃。人過鏗有
聲。月來淨無影。頻遊鷗鷺親。久坐衣履冷。俗慮日漸消。

贈歌郎云。充衿小袖換吳裝。消得冰紈三尺長。雨過天青雲破處。這般顏色著衣裳。

餘生偭何幸。平沙長河浩蕩行。聚石截其路。水怒。不肯田。橫飛。過壩去。分流灌稻畦。高隴成沮洳。鄉井屢豐年。殷公澤彌著。殷家壩

丁丑春陳古漁遊書肆。以八文錢買詩一冊。袖來驚喜告予曰。得一詩人矣。還黃星岩在山中。三人披讀。乃常州董潮字東亭者所作也。其京口渡江一首云。輕帆如葉下吳頭。晚景蒼茫動客愁。雲淨蕪城山過雨。江空瓜步雁橫秋。鈴音幾處烟中寺。燈影誰家水上樓。最是二分明月好。玉簫聲裡宿揚州。想見其人。蓋風流倜儻者。

癸未閱邸抄知與香亭仝中進士。且入詞館。予方喜（全）

倚門相交之日正長。不料散館後竟病卒矣。余因思未
見其人先吟其詩而相慕者。一為蔣君士銓。一為陶君
元藻。皆隔十餘年。欣然握手。惟董君則始終隔面。未必
知冥冥中有此一知己也。佛家因緣之說。其果然乎。

趙□有句云其祖
生崇禎年間。閱流賊之難。題天一閣。天在閣

周卉含之臨水花如對鏡人。曹溶泉之含雨花如抱恨人。方子
雲之向日花如暴富人。陳古漁之新綠樹如人少年。調同而
各極其妙。

詩得魚鳥勝垂綸叟

詩臨風竹類狂吟客

有風趣

陳古漁詩新綠樹如人少年。

人三句語全而皆妙。予書佳句尤多。如燈燄低知

一陳古漁詩。新綠樹如人少年。

僧門相交之日正長。不料散館後竟病卒矣。余因思未見其人。先吟其詩而相慕者。一為蔣君士銓。一為陶君元藻。皆隔十餘年。欣然握手。惟董君則始終隔面。未必知冥冥中。有此一知己也。佛家因緣之說。其果然乎。

趙[illegible]生崇禎年間。閱流賊之難。題天生閣云。天在閣中看世亂。民從地上作人難。臨死絕命詞云。平生不願垂床死。今日寧知死在床。念殺便宜兒女子。不將馬革走沙場。詩雖麤觕恰有骨氣。

周發春詩。臨水花如對鏡人。方子雲詩。向日花如暴富人。三句調全而皆妙。子雲也言佳句尤多。如燈燄低知

加每憶去年寒。中散謂空千古。海外原來
日湣泉秀才學褚遂良楷法，嘗為余書詩品數十首蠅頭小楷一册為中丞梁瑶峰
先生所賞先生書法直逼鍾繇湣泉心雅慕之而不可得為轉請于余余道其意
于公公且誦其近句數首欣然為余書一聯以贈之云詩有家風落筆偶同曹子建書多古法
臨池酷愛褚河南其憐才好士之心與余有同然也

是師皆可傳。

湖廣老詩人彭湘南。過隨園時。年已七十。即席賦詩有
落日紅未盡。遥山青欲来之句。余愛賞之。録其暮春秦
淮河口七絕一首云。秦淮河畔亂沙汀。芳草魂生六代
青。春日雨中人不惜。杜鵑啼與落花聽。湘南畫小像一

来申南。梅花逢憶去年寒。申中敢謂空千古。海外原来
有九州。優孟得時皆貴客。英雄見慣亦常人。酒慢隅花
个開路。漁莊臨水鴨知門。香篆舞来簷際斷。水痕圓到
岸邊無。醉常知節狂言少。心不能清亂夢多。夕陽不管春
將雨一角。角明湖上山。眞當節峽眞堪友。奴僕言嘉郎
是師。皆可傳誦。

湖廣老詩人彭湘南。過隨園時。年已七十。即席賦詩。有
落日紅未盡。遥山青欲来之句。余愛賞之。録其暮春秦
淮河口七絶一首云。秦淮河畔亂沙汀。芳草魂生六代
青春。日雨中人不惜。杜鵑啼與落花聽。湘南畫小像。一

衡

叟坐室中。旁一偷兒。持斧穴洞而窺。號竊比于我老彭翁見者無不大笑。其秋夕宿憑虛閣一首亦佳。詞云尋幽住此山秋。截即吾性。一閣對夕陽。半江紅不定。淡淡暮雲低漠漠。松陰暝。遙見隅林燈。寒空生遠映。移時聞籟絕。下界傳夕磬。不用閑禪關。心與萬緣靜。

余平生所見敏于詩者三人。學士皆對客揮毫。文不加點。前輩中。一為張宮詹南華鵬冲。一為周蘭坡長發。今輩中只侯君工貝士嘉緒一人而已。予初宰江寧。遣侯為二尹。招之小飲。即席書數十韻。詩雖不工。然觀其揮洒。致足樂也。其詞曰春風望甘雨灑。落雲衣輕人人。掯文星相聚于會城頃我

兩人耳何以稱此名為政需得輔舉賢功難爭看花需
得地偶舉杯莫辭傾十年訂縞紵四年客帝京雲霄不寥
濶車笠尋我盟歲歲金陵都形勢何縱横座中有佳客
謂柴耕南老眼光熒熒昔年讀書處斗極霞標明置酒西湖
舫春柳摇啼鶯爾我托媒妁此客通其誠頻年西江去
望眼波盈盈誰知此相會大快吾平生更有雲亭子月
旦留香評其人美如玉仙仙吹瑶笙霓裳羽衣舞名走
諸公卿子才信才子羅致敎珍與瓊索我和歌詩好風雨無
變更邇來一何奇春鳥鳴嚶嚶枝上紅杏花飄瞥曳行
旌連朝火氣旺居民不得耕時多火災穀雨浮嵐光上已當

春晴。裘面堦下草暢茂宜滋榮使君來何暮。好友求其
聲欣然此良覯意外相逢迎。人生知己難得失無定情
竟此手中卮看我將墨兵左壁書粉素。籬格障簷楹。需
用大布置豁達開其礎桯。方修衙署 桃李栽滿徑。海棠掇
其英。艷陽好天氣擊鉢敲銅鉦。百花紛四照鼓琴之韵
清。一鶴意未足群鶴翔露莖。不負古山川互作鄉雲賡因
其他稿散失故備錄之。
顧敏恒秀才扶乩得晉時佚詩一首足補正史之缺。其
詞曰朔風夜起悲笳亂吟。壯士援劍起壯心。壯士為誰
乃名原魯。須鬚如戟。狀貌雄武。單于寇我西北邊。去如

暴雷來如烟。天子曰嗟。誰作長城。捍我幽燕。壯士受命以死報國。青絲纓兮黃金勒。淵々鼓聲。天慘無色。嗚々角聲。遠振邊邑。九天九地皆軍聲。單于將士中夜驚。旌旗如雲遶孤城。軍中受節制。男兒束縛不得志。雖負勇略終鬬死。嗟乎壯士。去時母八十。妻二十。駈車疾行不言別。高樓沉々櫪馬鳴。中有老幼多哭聲。九泉傾耳難為情。

王舍人友亮詩才清絕。予尤愛其李夫人歌曰。生能一顧傾君心。生死不。一顧留君憶。乃知結君自有術。擅寵非徒在顏色。君不見生長門死鉤弋。其三兄子庭不輕作

見後

詩而多佳句如病起云修竹似憐人病起青青垂葉不搖風示子云寸陰須惜兒知否試看秋花總讓春

青陽陳秀才蔚豹章與其兄芳郁庭俱能詩豹章咏春草曰寒消碧岍鶯初滑春入羅裙蝶未知溪行云人家隔春水釣艇繫桃花偕郁庭遠行云今月反嗟人似雁一行齊向異鄉飛郁庭華溪草堂云溪枕名山屋枕溪窓前倒影萬峯低小橋時有雲遮路不許遊人過水西

不知落得幾多雪作盡北風無限聲宋人詩也王安石足以當之白雲功成謝龍去歸來自掛千年松唐人詩也張子房足以當之

善寫客情者。如昔人詩（如）還鄉心更怯。不敢問來人。驟讀函半損。幸露語平安是也。善寫別情者。如可憐高處望。遠見故人車。相看尚未遠。不敢遽回舟。是也。為學心難足。如君更掩扉。項斯贈友詩也。一點前村火誰家未掩扉。唐山人村行詩也。兩押扉字。均妙。（有心看月未曾圓之句）桐城方貞觀字南塘。有無意懷人偏入夢。是傳誦之。其他佳句。如閏年入夏花猶在。積雨逢晴草怒生。皆佳。其游仙十首云。到底劉安未絕塵。昨宵相與共朝真。還將富貴夸同列。手版橫腰道寡人。意必有所刺。梅花詩多極矣。其最新者。如遥看小朵不勝好。走近寒

游仙詩見後

梢後處尋綠楊解語應相笑漏洩春光恰是誰落月不隨山鳥散倚風如與路人言

從古要人在朝未有能和協者宋人詩云直到天門最高處不能容物只容身可謂說盡世情

光祿卿沈子大先生學業純正為一代名臣如山鬼常聯辟溪虹倏現身竹光晨露滴池靜夜泉生寒星散滅見漁火小雨無聲添落花又有客孀庭仄無書覺晝長皆佳句也

詩有音節清脆如孤竹冰絲非人間凡響皆由天性使然非關學問也在唐則青蓮一人而溫飛卿繼之宋有

楊誠齋元有薩天錫明有高青邱本朝繼之者其惟厲樊榭與黃莘田乎商寶意則著色稍濃矣（形骸多而神明少）余作宰江寧陳燭門先生見贈一聯云六朝山現簾鈎外萬卷書橫簿領中人多傳誦後讀姚武功詩印硃沾墨研戶籍經書（襍）亦此意也

吳魯齋賢宰甘泉有惠政（與余交好）不幸四十而殁其詩如送友（稿失嚴僅記其）云遙知白髮相思苦馬上逢人便寄書過洛陽云最羨少年能挾策至今天子重書生倚齋偶成云候吏解投山客刺奚童不掃印床花京江一首云揚子江頭月正明夜深風露怯凄清隣舟有客橫吹笛似說故人離別

情。

粵人諱姓者咏桃源云。樹木自生無稅地。子孫常讀未燒書。似于摩詰昌黎賓客薩都剌咏桃源之外。別開生境。

余同館同年金文淳字質夫長身玉立。兩為太守。俱以公罪免。余欲搜其遺詩而了不可得。僅記其在保定周蘂堂署中口誦過三台子云。青山遙對三台子。碧血空埋八絕兵。偶成云。一卧吟到曉。兩客淡無言。遊張園云。綠楊門外板橋橫。新水浮船接岸平。三月春寒花尚淺。一簾烟重雨初成。欹危瘦竹扶衰步。高下疏畦入晚晴莫便酒闌催晚棹，野懷吾欲與鷗盟。

徐水鄉作寶山縣詩：天任孤城淪碧海，帝爭尺土與蒼生。予極愛其頌揚得體。

吾鄉沈方舟詩宗老杜，亡（老于油幕）後，沈歸愚搜其遺集，為表揚之。余尤愛笥溝早發一首云：北風獵獵水茫茫，多謝吳門鼓枻娘。鐵鹿長橋四千里，送人夫婿早還鄉。

青田才女柯錦機，有宣文夫人之風，絳帷問字者數十人。韓太守錫胙與同鄉，猶及見之。誦其送夫應試云：劍匣書囊自檢詳，冬裘夏葛賦行裝。西風忽送東朝別，明月休沉此夜光。見説試文容易作，須知客處最難防。莫夅司馬題橋柱。富貴何如守故鄉。又調夫五絶云：午夜剔銀燈。蘭房私事急。薰籠郎不知。故故偎儂立。可謂真盡情癡光景。又合線煩君申食指。拾釵爲戢屈儒躬。求曲盡閨中情事。其自題小像云：焚香合受檀郎拜。一幅盤佗水月身。

蘇州汪縉（字大紳）以古文名家。詩學七子。其遊穹窿山云：星滿天壇河瀉影。月離海嶠樹生陰。遊棲霞云：雪埋大壑封秦樹。雷劈陰厓見禹碑。（甲午科舉無名。予爲請于學使彭公，始得入塲，然卒不能中也。）

王弇州最推尊李于鱗。而弇州之才實倍于李。予尤愛其短歌數句云：不必名山藏。不必千金懸。歸去來一壺美酒抽一編讀罷一枕床頭眠天公未喚債未滿自吟自寫終殘年可謂先得我心又棄官一首云人生求官不可得我今得官何棄之六月繡襦黃金帶行人拍手好威儀與君説善君不信請君自衣當自知

嚴滄浪借禪喻詩所謂羚羊挂角香象渡河有神韻可味非迹象可尋此説甚是然不過詩家一格耳阮亭奉為至論馮鈍吟笑為謬談皆非知詩者詩不必首首如是亦不可不有此種偶讀阮亭池北偶談痛貶元白以為未窺盛唐門户不知元白之所以獨竪一幟者正為胸中無盛唐故也然則為此言者非元白之未窺盛唐

韓昌黎贈鄭尚書序，鄭權也；顏真卿爭坐位帖，與郭英乂也；皆非當推許之人，而文中頗加推奉。行文辭褻，不得不然。

乃阮亭之未窺元白耳。世有集大成者，必能辨之。余雅不喜苛論古人。阮亭罵杜甫為無恥，以其上明皇進西岳賦云：「惟岳授陛下元弼，克生司空。」指楊國忠故也。不知表奏體裁，君相並美，行文者不得不然，非有心為阿附也。況國忠亂國之迹，目後始昭；當初相之時，杜甫微臣，難遽斥為奸佞。即如上哥舒翰詩，亦極推尊，安能逆料其將來有潼關之敗哉？罵少陵為無恥，何其敢于渺視前賢，輕易落筆？宋人訾陸放翁為韓侂胄作記，魏叔子責謝疊山作書以伯夷自比，是以殷紂比宋，皆屬吹毛之論，苛刻可惡。

孔子與上大夫言，誾誾如也。所謂上大夫者，獨非季桓子、季康子一輩人乎？

隨園作詩會席間有僧送六月菊一枝諸人分咏之儲秀才潤書有一聯云秋士偶然輕出處高人原不解炎涼余嘆為獨絶何南園秀才又有一聯云隱士靜宜荷作侶長生閒愛日如年可稱工力悉敵真一時之二難也

何南園望晴有詩云風都有意收殘暑雲尚多情戀太陽莫怪人間無易事一晴天且費商量春遊隨園見士女來往甚多又口號云送與名園助春色水邊來往麗人多皆綽有風趣

予少時題養馬圖云養馬從來同養士施恩宜重不宜輕一挑匆匆三升豆莫想神龍乾死生人以

太祭。薦後讀宋史岳武穆。有對高宗論養馬之言。覺與此詩有暗合處。

詩人寫情寫景出人意外恰是在人意中者如人行俱是客。舟聚即為隣。要知甘寢處。最是欲明天。不知何處雨。便覺此間涼。乍見翻疑夢。相悲各問年。問寒僧接杖辨語犬銜衣。不知花遠近。溪口即香聞。趁風開靜戶帶葉卷殘書。緯低時掠水。帆飽不依桅。晚過斷橋河路黑忽從電影得前村。夢裡似曾聽雨過。曉來仍不礙山行。

識面反走牽娘裾可謂曲盡嬰兒意態閨情詩如宻臨行怯私書欲報難小胆空房怯長眉滿鏡愁强語同伴希郎聞笑聲從來不墜馬故遣髻鬟斜皆曲盡娘情態古樂府有羞瑟佯牽伴五字亦妙

詩人寫情寫景出人意外恰是在人意中者如人行俱是客舟聚即為隣要知甘寢處最是欲明天不知何處雨便覺此間涼乍見翻疑夢相悲各問年問寒僧接杖辨語犬銜衣不知花遠近溪口即香聞趁風開靜户帶葉卷殘書緯低時掠水帆飽不依桅晚過斷橋河路黑忽從電影得前村夢裡似曾聽雨過曉來仍不礙山行

從古詩惟天
籟好當般
嘽讓如少年
為

曾經昨日争棋處拾得花陰墜子回御溝飲馬忽回首
貪看楊花飛過墻夢裡不知涼是雨捲簾微（濕）在荷花不
愁日暮還家錯記淂芭蕉出堇離
劉春池者織造府計吏也不戒于火将龍衣貢物俱付
焚如賠累之後既貧且老作詩（甚作如）曰貧難好客如當日老
覺逢人羡少年三間屋僅棲兒女一領裘還共祖孫皆
佳句也其憶半野舊居云半野園堪遂隱淪山為屏障
水為隣林亭已入天然畫休息難終老去身喬木昔曾
經我種好花今復為誰春傷心最是重來燕不見堂前
舊主人其弔香櫞樹云自別園林甫二旬忽枯此樹是

其子省亦好吟詩不知家貧後事爲何物人目爲癡得二句便寫示余數歲晏云歲晏風蕭瑟貧居日無撞荊井梧無剩葉瓶菊有苗莫憐吟低常炊

何因伊如義那迎新主我獨悲同哭故人物與情通原有感木經歲久豈無神尚須留取根株在猶望仍甲舊日春

和劉以次𥳑入獄予同尹文端公誦其詩尹大驚即命出獄加寬限期

楊刺史潮觀字笠湖與予在長安為總角之交以運皇木故再見于白門垂四十年矣急索其詩稿為抄存其山行遇雨云廣廈千萬間不免盛暑熱蓋頭一把茅亦避風雨雪櫛風沐雨又何人仰視飛鳶墮水濱問君何處即安宅老僧跌坐空山春馬跑泉云十月冰霜潔真陽坎内全任教無底凍不到有源泉紫閬見雪云曉起出茅簷但覺寒雲密不知前山中已是一夜雪積州周鈺作貴州

表因斂驟輕
麥田在
望雨不敢
望冬晴又
午睡云睡
去胸惟餘
茗味老來
耳不厭書
卷見贈云
新稿只呈
蕭穎士長
語不謁鄭
當時嗚呼
胸襟如此
何得目為
癖哉

蘊州周釪字其相作貴州吏目庚午在江西峰家與余乍見即傾心結納晚年無子溺死水中僅記其雨中發清鎮云躑躅山巔趁曉行風餐露宿一書生峯頭雲護愁多雨馬足泥沾怕誤程野燒不然衰草潤荒村無市爨烟輕身擔王事真靡盬未敢傾醅遣旅情己巳仲冬由安平道中聞雷云客裏還教作客來凌寒衝瘴自崔巍重陰久結山頭霧細雨遲開嶺上梅無數飛鴉驚遠樹幾層輕靄撲青苔黔南西去殊多異木葉辭枝聽曉雷詠落花云鶯殘此日空啼樹人到明朝嫩上楼贈隨園云南同至今悲賈誼為他偏值聖明時

尹文端公與陳文恭公同年相好。各督撫封疆者四十餘年。晚年。先後入都。同為宰相者又六七年。乾隆三十五年。尹公臥病不起。而陳公亦以老疾乞歸。尹在枕席間。力疾作詩。相送。有七律後四句云。最

綠酒斟來滿四首。黃粱夢覺真老我頹唐難特詩

和淚送之。未數日尹公薨。陳在天津舟中聞信欲回舟作弔。家人勸止之。未幾日亦薨于徒州

薨。于枕三云。只求無好夢。轉覺醒時安。亦有感于文端之詩。而為此言。

西崖東升吾鄉有販鬻者。不甚識字。而強學

詞曲人多笑之。然其哭母詞云。呼一聲。哭一聲。兒

東方伯注
榮詩云○
問牛郎織女○
乃是○鵲橋○
來○遇○鵲橋○

的○聲○音○狼○慣○趾○如○何○狼○不○應○語誰裡○河者皆為

注下天惜喜大雨落在田中小雨落在花園 求雨閑小兒唱云青龍頭白龍尾小兒求雨

詩○人愛管閒事○越沒要緊則愈佳○所謂吹皺一池春水○

干卿底事也○周發春舍人西園云不知誰把夫容摘○

枝上分明見爪痕○楊鐵厓云飛入畫樓花幾點○不知楊

柳在誰家○真絕調也○今人某賞清明其春比七首截

遺金鈿小踏青微礙繡裙低○春風云曲岸水流鶴

定鶡耕人○戴笠徹偏秋○出云夜燈兒○女○桐寺○慣○山

慈人不○採多○啄蝶云忙共花飛難辨影○戲○隨蜂過

河聲○

九云辟猶出疵重頹二上
題時
諸萬谷
鳴呼○當時
無東○丹余

廈山王次岳妻席氏能詩○嘗端陽日寄次岳詩曰菖

蒲斟玉斝○獨泛已三年○亡何夭亡○次岳哭之九首

中與云聯句咏鄱陽火焚古樹云祖孫已頹空孫枝重起地子庵声云出盤古墳穿猶作烽雲臂又見贈云浩氣盤九疑晴襟谿萬谷嗚呼當時無東廿余

的聲。音。痕。慣。弦。如何痕。不應。語誰裡。洞者皆為
注下 天憐喜大雨落在田頭中間小兒唱云青龍頭白龍尾小兒求雨
詩人愛管閑事越發要緊則愈佳所謂吹縐一池春
水干卿底事也周發春舍人西園云不知誰把夫容摘
枝上分明見爪痕。楊鐵厓云飛入畫樓花幾點不知楊
柳在誰家真絶調也 其春艸云
暗遺金鈿小瑞青璅續裙低春風云曲岸水流鶴
不定。竭耕人截微 秋出云夜燈光女楊柳慣山
飲。慈人不採多。咏蝶云忙共飛難辨影。歇隨蜂過
不知聲。

虞山王次岳妻席氏能詩。常端陽日寄次岳詩曰蒿
蒲斟玉斝。獨泣已三年。亡何夭亡。次岳哭之九首

不能赴廣西。受金公之薦矣。今數十年來。從記雲星斷句。已亥到杭。訪其墓。及其後人俱不可得。乃題一律云

其佳句云。蛾眉月易沉天際。鳥爪仙難住世間。猶而每來先淪餞。殘燈欲灺尚論詩。幾多殯宮移榻畔還。如今病對床眠。

師友。王明問。常有邂逅相逢。慕其風貌。與通一語。不料其能詩者。已而以詩見投。則相得益甚。予丙辰冬在京師。試鴻博。遊土地廟。見美少年。年十六七。揖而與言。方知是李玉洲先生第三子也。名光運。字傳天。李詢余名亦欣然援手。次日嘗以詩見投云。盛地逢仙客。新交勝故知。高才偏不得。大過應教遲。書劍懷儔侶。風霜感歲時。愁予初學步。何以慰相思。時予年二十一。傳天

廣西金撫軍薦疏中。首及其年。傳天

乙酉二月，文端公墜馬。余往問疾。過騎馬公子。眉目如畫。未敢問其姓名。悵悵還家。俄而户外馬嘶。則公子至矣。即長蘆先生也。先生不識東興阿爭，阿乃中軍之公兒也。說年十四二

閣邨報。先知余故也。後遊
千尺雪。一少年閒雅。問之姓名。名淳字
元會。亦素知予者。次日以詩受業為弟子。
詩稀有心。
方與語時。彼此易觀手中所持扇。臨別忘歸原
物。故予詩之云。取來執扇還懷中。忘卻歸
還彼此向。花前一笑少男風變老人風。
遇三少年為一段
松江顧小庭先生。諱成天。康熙丁酉舉人。世宗修錄其
大臣家。詳其哭聖祖詩六首。有已增廣彌延
方歲。竟少唐堯在位年之句。遂欽賜編修。上
書行走。乾隆二年乞歸。上加侍講銜。年八十二
而卒。亦詩人異數也。

先生到館中。嘗以詩來教者也

[illegible]

日十八。[illegible]京兆試[illegible]。誦其佳句云。年輕偏惹病

春冷[illegible]留花。水因珠在光浮月。山為香多性愛風。赤子

[illegible]

雨倒飛生翠激雨歸。有昌谷家數。詩稿甚多。未知[illegible]

甲戌九月。余病瘧甚危。忽當塗縣徐位山名文靖者

馳一札來。并以所注竹書紀年一部見贈。予力疾

讀之。知為老名宿也。亦丙辰鴻詞科同薦。云何以七十年孝廉蒙特恩與王延

年介眉同授翰林院檢討。年已九十餘矣。記其湖

居數律云。天將幽致頌湖濱。共我盤桓幾十春。守業

先生……州趙仁叔有一聯云：蝶來風有致，人去月無聊。
隨州大樞，字元木，舉丙辰鴻博科，與胡稚威齊名，
樸而詩奇奧。見贈七古數百言，僅記其前
云：文章之家無不有，袁郎二十膽如斗。雄心赤手
蛇綺語，低心媚花柳。蓋其時予古詩學杜韓，近
溫李故也。又七古起句云：春濃雲熱花艷艷，
倒飛生翠鐵，亦稱有昌谷家數。詩稿甚多，未刻。

甲戌九月，余病瘧甚危，忽當塗縣徐位山名文靖者
馳一札來，并以詩卷、所注《竹書紀年》一部見贈。予力疾
讀之，知為老名宿也。云何以老年孝廉蒙特恩，與王延
年分眉，全授翰林院檢討，時年已九十餘矣。記其湖
居數律云：天將幽致敵湖濱，共我盤桓幾十春。守業

亦丙辰鴻詞科同薦

願為清白吏，著書羞傍妙元人。妻緣貧慣無交謫，子。赤。驕成骨肉親。那得向平婚嫁畢，三江烟雨任垂綸。白駒幾向隙間過，荏苒年華長薜蘿。閒極有詩誇北苑，愁來無夢寄南柯。文標司馬尊元輔，帖權來禽署永和。湖上游行湖上立，頹唐老大竟如何。又雲侵漸覓渠儂潤，潮上徐看釣艇斜。酒綠齋日須三勸，茶為眠時試一槍。俱工雅，老而不頹。

詩有極平淡而意味深長者。桐城張徵士若駒，五月九日舟中偶成云：水隱情拖日光高，河上風寒正長潮。忽忽夢回憶家事，女兒生日是今朝。凡此類詩，皆出自天籟。然女兒之女字換作男字，便用㬅蝋不成詩。此

中消息。又不能言。乾隆元年顧少司空琮以博學
鴻詞薦沈，沈賦貧女吟辭謝，後數句云：公子有心道妾好，公子
父母知何如。萬一不稱堂上意，不如不嫁慎媒初。再拜謝
父母，薄命負所知。君不見雕籠美食待好鳥，回翔欲下
輒自疑。張有手名曾泰，受知于梁瑤峰少宰，能日行
百里，并日而食。下瀕不攜糗糒，從江寧往鎮江往返
三日，不費庖一發，將遠行矣，則啖肉五斤、飯
十五六椀。
傅忠勇公家許太監者，名坤，杭州人也。先事年大將軍羹堯，年
誅後投入明府，得侍傅忠勇公，頗有氣燄，而性愛文士，常過杭董蒲
家，採野莧一束去，報以人參一斤。欲交慕鄭太史虎文，鄭絕不與通，
求見則答以外出，人疑鄭故孤冷者。然其詠紅豆三首，頗有宋

廣平賦梅花之意其詞云萬點相思萬劫同斷腸人獨倚簾櫳偶迴倦眼看成碧欲寫閒愁賦此紅記曲掌擎珠錯落埋憂身付骨玲瓏從教灑盡啼鵑血散在枝頭泣曉風誰屑珊瑚綴碧條也隨桃雨怨風飄三生未化燒心火半面渾遮暈頰潮繫得赤繩珠可合承來紺袖唾難消蓮塘一自輕抛擲驚破鴛鴦夢裡蕉記取靈芸別後身玉壺清淚血痕新傷心略似燃於釜繞宅何緣幻作人一點紅宜留玉臂十分圓欲上櫻脣只嫌不及榴房子空結團圞未了因梁瑶峯少宰亦有紅豆三首云宛轉猶疑挂鏡光曉奩銀豆落空梁穿成百寶明珠綴結得同心繡線香湘淚染將三楚竹鵑聲啼到五更霜劇憐金谷人歸去墜粉零脂濕海棠

斗帳香團閑綺櫳，隔簾人語杏花風。難酬茶火三春艷，幾法霜華一樹紅。私語暗從金鈿寄，闌干熒徧玉壺空。嫦娥也悔傳丹藥，碧海青天夜夜同。采綠何曾勝采藍，猩紅端合摘江南。且看沉水星星活，得似靈犀點點含。秋漢可煩橋更駕，朝雲應有夢同甘。石榴消息分明是，朱鳥窗前好細探。紅豆生于廣東，乾隆丙戌，鄭督學其地，梁以事謫為粮道，故彼此分咏此題，亦一時之盛。

隨園張燈，為金陵一勝事，前後名流歌咏尤富，今擇其尤者為録数首。程魚門云：三年不踏隨園路，自笑浮踪如墜絮。秋草秋花護短垣，故人宛在花深處。看花邀約衆賓來，指點紅蕖赤桂開。犀角長髯紛入座，江南江北

信多才。兹園占勝原無兩。排拓能令倍幽敞。穿竹人隨鶴
步停。登山屐應憑樵風響。謝公墩接小倉山。下下高高任
往還。舊種短松青出屋。新開止水碧成灣。灣環承抱長林
静。幾點飛鴉度溪暝。櫸柳初黄月有痕。蘭烟欲暮峯垂
影。主人張席散華燈。火樹枝枝映玉繩。倒轉亭心依池底。
畫簷花影上高層。池光花氣爭縈繞。如此佳時行樂好。
二十年来緬舊遊。坐中我與君皆老。老態踈狂興轉妍。
花前吸盡酒盈船。擬裁康樂遊山句。試仿蘭亭片石鐫。
王介祉云。西風吹我来江曲。乞與聽歌看燈福。主人掃
逕履縱橫。客子到門車歷落。芙蓉萬朶遶池開。皺匀
嫣紅鬪粉腮。脉脉銀黄涵鏡檻。盈盈金碧罨樓臺。樓臺

小注 時夫人生日

倒挿頗黎（玻瓈）裏阿閣三層望中峙帽影平臨竹葉總衣香尚隔桃花紙如此園林得快遊樵蘇不變亦風流况逢設悅當佳日更遣張筵向晚秋玉笋門生爭獻兕觥簪賓從共蔵鬮紛紜翠盌催餔歠瀲灧紅鱗照拍浮

不用句

拍浮作歌笙簫出象板徐敲阮徐擘記歌孃子豆頰拈顧曲郎君聆暗擫清音繚繞走珠盤樂句分明量錮尺郤笑蘭亭少管絃比將梓澤饒帬屐帬屐追陪半

小注 謂水軒及主人

少年坐中二老更翛然新銜詞客兼聱叟夙世花顛與

謂楊總戎

醉仙名士麈揮談亹亹將軍裘帶態翩翩酒闌散步凭高處血色銅鉦隱深樹麀子閒眠竹下蹊鶴雛緩蹋苔陰路此間露榭漸溟濛此際水輪未麗空忽見繁

星沉水底忽驚圓月挂天中天中圓月紛無數水底繁
星映幾重初訝驪珠擎萬顆旋疑螢燭聚千叢須臾火
樹銀花發一片聲光騰倏忽撼地轟雷玉虎鳴烘天紫
電金蛇掣砰訇響應亂東西閃爍烟雲遮明滅散起燈
常蓺栝杉飛來爆或燒蘿蔦罔頭窣堵聳崚嶒墻外
浮屠凌閶闔三面光從一面收暗邊景把明邊奪改席
還登最上層參移斗轉鼓鼕鼕首困蕭史勞頻側肩
借何綏得暫凭透額羅憐鄉澤膩砑線綾惜酒痕凝
淳于索絕應非妄廣樂清羸恐不勝無那歡場終欲
散何時再遇瑶池宴謾誇屋較昨年增但祝人如今
歲健六朝風雅待扶輪長主騷壇白下門才子合居

怦轟

江令宅休官宜占謝公墩白衣失路愁何許說項於陵數稱諷澤畔相期咏鷓鴣尊前先屬題鸚鵡明發抽帆渡碧潺石城回望有無間棹歌漁火寒潮急夢斷江南一髮山顧立方云九日金陵郡天高氣泬寥江山空故國風土認前朝御李當今夕留髡盡此宵良辰聚文彥勝景隔塵囂圖史千秋鑑琴棋七客寮紆藍為鄭帶嵌碧做紫窑鏡檻絲絲柳船簾扇扇蕉一痕橫翠巘萬疊展紅綃（時木芙蓉盛開）麂眼籬遮竹龍鱗水漫橋平沙眠鶴子細沫漾魚苗北海樽初設東溟興轉饒搵衣趨綺席側弁襍金貂麗賦應名玉高談式姓焦鄧林蕃杞梓楚澤萃蘭椒染指疑烹鳳無心憶炙鴞淳母新品族食憲舊

小注
時五六奚
僮騎走馬
燈

科條香茗摩多淪華燈薏苡燒映波翻荇采照黛點松標珠吐非關蚌犀然詎為妖昭回河曳練熒轉斗移杓倏忽青蓮吐依稀赤鯉跳弄舟迴短櫂戲馬出垂髫盛事難更僕旁觀若沸蜩瀏明虹影落雷奮電光搖仙侶緋裙颭靈祇絳纛飄金蟆遙屬地寶塔迥淩霄羯鼓催三操鸚喉唱六幺手和瑤瑟脆簧燮玉笙調汎愛容參預非材賴刻雕執經聞問字留賞滯還鑣漸訝銀河灺寧辭銅漏遙月妃低素面霜女下青腰厚意同投轄危詞（異）報瑤何如吹帽者和藻壓賓僚方子雲云月榭風亭晨汎埽徧召羣仙會蓬島聞放珠燈佐玉觴人間盡顛黃昏早萬盞高低繫赤繩流蘇五色綴雕甍初

如釋迦頂上白毫放大千世界盡作明月明滿園竹樹
工點綴枝條悉化陀羅臂一臂一燈懸來照布金地漫
空亂湧赤城霞紅映仙人掌上花或疑軒轅悞倒煉丹
爐萬顆墮落芙蓉砂或疑祝融待漏朝天闕前望舒兮
後烈缺玉女三千先啓行翠袖繽紛持絳節而我如登
十二城火齊衘画壁夜光綴繡楹又如身作乘槎客來
看天女夜種兩岸銀河星光射寒池水亦茜紫貝闕中
開夜宴不然女媧將補缺處天紅爐煉出石千片滿座
歡生酒易消更教仙樂合雲韶解舞飛瓊〻作佩倚歌
美玉〻為簫金鼓聲若鬨交竿掘地種（是夕烟火甚盛故並及之）夭矯
千尋騰燭龍𧙓褷四出翥丹鳳扶桑日掛九枝紅金煙

忽變美人虹應是主人脚際文章娩李杜吐出光燄萬
丈摩蒼穹我聞主人昔日瑶京宿玉皇案下常托足
夜分命草詔書成送歸曽撤金蓮燭爲愛林泉早乞
身閑中娱母及佳賓時當寒冱陰凝候碧光絳氣能
令九地回陽春更深歸卧空齋裡酒渴山童呼不起膽
瓶梅影落琴牀一燈青熒小于米仲燭庭云倒影琉璃
鏡面飃六街鼓轉夜迢迢青幢似擁崔羅什要躡紅雲
下碧霄火齊層層着樹蹕藕絲臨水暈方諸就中不讓
然犀手驚起琴高赤鯉魚放膽花前酒一壺歸來清醉
倚流蘇五城十二楼齊敞夢與霞君摘夜珠錢塘云
怪来千鵲噪連朝果有詩仙折簡招院院燒燈全不夜

小春天氣當元宵，檀板新歌試幾番。觀燈齊上曲闌干，天公似助詩人興，半夜無風又不寒。珊瑚紅襯白琉璃，此是人間第一奇。山上重樓二下水，一枝燈是兩三枝。星光燈影幻耶真，弾指居然百億身。波面攢勻珠萬斛，祇應忙煞弄珠人。掣電犇霆變幻工，漫空百道掛長虹。華嚴樓閣登時現，只在機關一綫中。萬點流星替月行，殷雷山外響匉訇。主人身住光明頂，不羨東華簇火城。絶艷驚才錦繡腸，玲瓏點綴即文章。尋常燈火休相比，李杜光芒萬丈長。十分色相百分杯，眼福人生得幾回。不枉金陵兩載住，小倉山館看燈來。嚴冬友云：林泉烟月本家常，幾度春風倒接䍦。未抵今宵高會好，試燈剛值上元時池邊新漲碧粼粼池上分栽萬樹春明月照花燈照水為紅添色緑添神火珠明抵月輪圓更爆春星響暮烟山鳥翩翻魚潑刺風光驕絶晚晴天橫空霜氣夜逶迤小部新翻十棒纔散步始知歌吹暖園花齊作二分開畫簾垂處隠笙歌彷彿疑從月殿過忽地霓裳成隊出青天妬煞寡嫦娥五色空教眼炫花歸来街鼓已三撾茅荻一點燈如豆剔向山妻取次誇程夢湘云謝公墩畔錦成團脆管柔絲送落暉忽報萬花開火樹魚驚潑刺鳥驚飛涼露無聲濕畫欄玉簫吹送九秋寒此身不是居天上星宿如何在下看露氣橫空宴未闌小樓高處怯衣单燭花知有游人在不到更深不肯殘

誤寫完須再
寫詞再寫

霓裳一曲度清歌，縹緲疑從月殿過。靈藥桂花俱一樣，姮娥較比月中多。陳古漁云：壽母筵開九十秋，宵來招得列仙游。不知誰把明星摘，掛在瑶池蒲樹頭。萬球珠燈萬朵霞，懸樓綴閣罩輕紗。玻瓈窗槅迴環見，映出芙蓉五色花。星〻螢焰乍燃燈，紅作毫光擁九層。烟火漸收池水白，破雲玉兔已東升。竹馬兒童燭影中，連天簫鼓沸晴空。只聞蒲路遊人說，燈到隨園分外紅。何南園云：火齊星毬寶炬然，張燈高下照華筵。鰲山但覺天難夜，月殿能來客盡仙。彩射池邊魚潑刺，夢驚花外鶴蹁躚。分光小草秋逾好，萬點紅珠綴露鮮。（馮汪作）胡孝廉（莘）賦沁園春云：謝墅宏開，老樹千霄，雛鶴舞庭。看芙蓉上下，爛如

四八

披錦青山遠近翠若張屏三島烟雲六朝金粉是處勾
留屐齒傳憑幽賞有新歡舊雨爾我忘形　檀槽響澀
丁零問誰把清詞付小伶更錢王好事買燈汴市侯芭
嗜學載酒元亭鶴燄霏微珠光錯落幻出隋家萬斛螢
吾尤羡〻一潭秋水無数繁星聞秀才益作詩序云蓋
聞烏衣巷口爭傳王導之家紅板橋頭共認段侯之宅
吴隐以茅籬作屋紀瞻以竹木為園華瞻陸機望東城
而作賦風流鮑照指北　而長吟十字楼臺還須秉燭
六朝松石可識延年擅佳麗於江山是才子冶遊之地
占名區於龍虎乃詞人翰墨之場爰有浙水名儒汝南太
史本作蓬萊之客偶到人間曾為鄞縣之仙竟留白下

文光射斗堆火齊之千重健筆淩雲架珊瑚之七尺歸
來陶令松菊猶存入畫王維芙蓉依舊豈張良之辟穀
從松子以遊宛潘岳之閑居捧板輿以御陳叔達蒲萄
不舉每奉高堂羅德仁瓜果隨時足娛老母開別業于
雞鳴埭畔江魚與園筍交供接層巒于牛首山巔黛色
與春暉並麗惟八月之廿二乃太母之壽辰也時則枸
杞湯濃茱萸酒暖綺疏紺碧薄雲影而羅輕梧井竹窓
碎霞光而錦爛青女進元霜之味紅牙奏白雪之歌正
兕酌而觥稱俄烟凝而山紫日之夕矣夜如何其主人
乃命山僮捲繡幕絳燭張華燈玉宇瓊樓即是廣寒之
府金鈎銀蒜如開不夜之城展寶鏡於菱花還疑有路

遮屏風於雲母朋是一天爾其星牖高懸軒牕齒綴桃
笙蓮簞斜霏茵令之香貂扇象籠欲映萊衣之綵遂參
差之雲樹旭日千林混高下之亭臺垂虹萬疊九光千
盞拂麟鬚豹髓以生輝西漆南油和鳳腦蚖脂而吐燄
龍能銜燭神仙之貝闕皆明蚌亦垂珠秋水之鮫波更
媚⊞至若蓮池風細葉欲浮香桂子秋高花偏無色星橋
駕處好偷王母之桃火樹生時合綴安期之棗不比花
燈剝楚空羨元宵寧同燈舫秦淮漫誇五日笑嫦娥此
夜月影羞明想太乙今朝藜光斂耀水晶宮裡慣貯雲
車姑射山中時逢仙子真所謂絳都碧落天上人間者
也況夫鳳起蛟騰致白雲之遠客虬羨麟脯延朱履之

嘉賓清談則雅近晉人綺語則才高宋玉揮毫劈錦心
並生花投轄開樽壽真有域紛敷花萼共添海屋之籌
繚繞梁雲各擬江天之藻　益學幾窺管志切登門早識
荆州恭逢勝會樂熏蒸于元氣導以徽明仰日月之餘
光匏兹爝火試譜觀燈之曲用當介壽之詞望我同人
不辭屬和庶幾琉璃寶匣快覩夫龍伸蠖屈之書蘭蕙
香炯共記夫鮫室蜃樓之勝汪廷昉云丹房翠沼開蓬
瀛金波半展銀雲平俄焉斑龍吐珠顆九華錯落琉璃
屏珠光不定霞光起鯨甲麟鬣鬭文綺霏霏紅雪春霧
濃珊瑚萬樹燃秋水雲中縹渺奏和笙芙蓉隔斷香風
生晴空四萬八千丈朱霞一縷標層城群真夜晏瑶池

曲紅雲之茵紫霞纛繡幄遥籠碧澗濱幔亭斜傍丹巖麓
金枝低亞影迢迢。綵鸞起舞翔層霄。輕烟如絲月如水。
座中微覺梁塵飄。玉堂學士文章伯。金粟前身本清絶。
蓮炬聲華冠藝林。花封山水資吟屐。金庭石室淨無塵。
綠埜平泉作比隣。春朝飛觴夜刻燭。如遊紫府聞韶鈞。
板輿暇日多歡燕。枳徑蘭陔自調膳。花外斑衣已足娱。
山中紫誥尤堪羨。萱草含花桂樹秋。霓裳一曲播清謳。
漫天寶焰摇金篋。星冠霞佩多仙儔。揭來燒畫三條燭。
青嶂丹枝寄游躅。已從北海舉罇罍。更向東山按絲竹。
閬松窓瑞靄多。蔚藍天外裊雲和。好將燈月圖中景。譜
入琅璈曲底歌。呂光復云小倉山前芙蓉花芙蓉多處表

公家千枝萬枝向秋水。十步五步飛春華。丁年九月既
重九。主人欲為花神壽。霜鍾聲裏不知秋。會看芙蓉清
夜遊。肩輿行傍青山麓。早見懸花在花屋。卜晝不如卜
夜歡。宜合相留判年宿。青雲上客神仙徒。就中尊者銀
眉鬚。烔霞杖履轉雄駿。謦欬歷落生明珠。飛觥倒盞下
可禁。載酒門生更豪甚。香飯銀杭玉雪光。侯鯖翠釜櫻
桃沁。夕陽將入燈漸催。坐中賓客方裵徊。傳呼燭以次
第點。縱身已入星雲堆。騰崖耀漢高復高。紅霞十丈天
風鏖。倒影迴光下復下。碧海千尋月珠瀉。火樹都成頃
刻花。丹樓盡入明光夜。小橋平岍瞰澄波。燈下花枝照
影多。氷壺清塵紅玉潤。金枝爍爛朱顏酡。樓臺盤室倚

絶壁帶以修廊勢如翼却教光燄賽朝曦火花迸作星
蛇飛放是日燕衆客瞬眙不得語壁上惟有觀如圜此時
樂難更僕數城上已聞三撃鼓風月真憑何遜開謂何秀才
園林自愛山公主山公托意如謝公經濟即在東山中
美人如花擁金翠一醉累日千花紅蘭陔有子宜避福
長傍貞松護慈竹山水西湖是釣遊烟花南部分湯沐
我昔未登君子堂白門秋露幾沾裳何人得似寒山石
何處曾叨荀令香今來不獨為歡晏谷口濠梁喜重見
兩月來再獨樂原非涑水園栽花况即河陽縣
遊于此

近時以經學而兼工詩者惟蘇州惠紅豆
吾鄉鄭璣尺先生以經學成進士先生以戊戌翰林科官侍講
尊。讀謹須繇過子陵釣臺見先生題詩
一聯云碧水亦時停過客青山終古屬先生後四

十年，尹文端公招余觀劇。（戲劇）式，但見笙歌招弟子，何曾酒食饌先生。三尹

劉霞裳詩雨作之敬和教也

先生一笑而連顧左右，一座為之囅然。

侍講詠鏡云：長認舊娥眉，相看每自疑。朱顏誰不惜，白髮爾先知。掩泣離宮女，偷窺倚侍兒。倚臺重拂拭，猶憶靚粧時。又曉過趙北口云：是河傍曉全垂地，野燒經秋尚接空。

戊戌秋，余小住閶門。詩人張崑南每晚必至，年七十三矣。為誦其登靈岩云：振衣同上落虹亭，古塔雲深入香徑。艸荒秋露白，山村雨過暮烟青。天空一雁來清骨，四木落，諸峰見洞庭。廟莫向西風更懷古，菱歌淒絕起遙汀。予嘆曰：此中唐佳境也。崑南喜，次日以詩三冊來屬余翦替觀之，惜遺失也。其佳句如：斷雲連塞嘯，空翠滴衣寒。潮痕沙岸落，霧氣渚蘭間。野竹放侵

蒼蘚逕，閒花時落碧牕書。松間細路通僧寺，花裡微風颭酒旗。皆可誦也。

昆南別去後，錢景開來，又誦其虎丘詩云：蘼蕪亦解憐傾國，多傍真娘墓上生。又春去云：月上簾鉤風太急，落花如雨不聞聲。想是少年之作，故三冊中未載耶。

松江王麟詒宗伯與陸平原七律中四句云：八王兵甲無臣主，兩晉文章有弟兄。曉節不堪聽鶴唳，舊交聞已賦蓴羹。余謂士龍聞之，當為泣下。

常熟孝廉邵君培恩，予年家子也。父叔宀為駢體文字，直接齊梁，有玉芝堂集行世。培恩每來秋試，必以詩見投。記其觀燈云：紅羅碧綺閒琉璃，遠近玲瓏一望齊。樓下花鈿樓上曲，留人偏在畫橋西。

遊仙詩大半出于寄托。方南塘居士云：到底劉安未絕

塵。昨宵相與共朝真。漫將富貴同列。手板橫腰道
旁人。此為暴貴兒也。陸易堂太史云：尋真臺上紫
雲高。阿母宵分降節旄。回翔讀書破萬卷。不甘呵叱小兒
曹。此刺安庸人也。
康熙間曹練亭為江寧織造。每出坐八騶。必攜書一
本。觀玩不輟。人問公何好學。曰：非也。我非地方官而
百姓見我必起立。我心不安。故藉此遮目耳。素與江
寧太守陳鵬年不相中。及陳獲罪。乃密疏薦之。人以
此莫不多曹也。其子雪芹撰紅樓夢一部。備記風月當時紅樓
繁華之盛。中有所謂大觀園者。即余之隨園也。其
中有女校書尤艷絕。明我齋題云：病容憔悴勝桃花。
午汗潮回熱轉加。猶恐意中人看出。強言今日較差
些。威儀棣棣若山河。應把風流奪綺羅。不似小家

葯。束。態。笑。時。僑少。默。時多

青陽秀才陳蔚年少能詩。受業隨園。有江行襍咏云。日沉遠樹青烟起遥山失。何處孤舟一燈古渡出昨夜螃蟹磯。今泊釣魚背。秋風一夜生。吹冷半江水二絶頗有唐人風味又因隨兄鄗庭遠行云江梅開遍雨霏霏。同駐鄧亭整客衣。今日反嗟人似雁。一行齊向渠鄉飛。其兄芳詩亦清妙。卅堂。襍咏云。處士應門惟使鶴。高人去榻更無賓。又小橋時有雲遮斷。不使遊人過水西。亦清絶也

山東謝孝廉顯謨。因其叔父在任下。為江防同知。孝廉過園相訪。詩有清氣。不愧新城家數。假山云咫尺開層巒繞逕叢花吐。何當蠟兩履。踏花不踏土。入寺云焚香習靜機凝神閒。看簷時有清風來。空階響柿葉

桐城姚康伯有詞云：分明賺得兩眉開，手折黃花上鏡臺。侍女無端忙報道，隣家昨夜燕人回。

崇禎末年，國事危矣。大司馬任子朝，其友某畫一猴抱藤枯樹上，題云：眠猴要醒，兩今醒，莫待藤枯樹倒時。

秋江公子，三代顯宦，貌如美婦人，而性和柔，倜儻，兼工詩詞。人或狎之，不以為忤。迂謹之士往往之，公子笑曰：狎我者愛我也。君輩獨不讀晏子春秋諫誅羽人章乎？且從古有怨女祠，無負童廟，先王立詩之意，亦可想見矣。聞者無不大笑。余嘗贈句云：安得居宮針博士，教來趙國繡郎君。

右礼吉，字稚存者，學名杜

奏賢迹，君今
所補非寸尺
下見遺黎活

隨園先生詩名滿天下，墨蹟絶少，是卷爲儲君茯芳隨其尊人遊
所撿，予在邗交茯芳久，出以見示。雖乾墨秃毫隨意成字，而古秀
之氣見精神福澤，想見其銀燭珠簾名姬侍側，此老朱顔鶴髮，
當時也。予與先生字偶同，凡百不逮，展玩之下，愛與蔡僎雕相如
殆亦人間罕觀。己巳孟冬月羽顧與士林共寶之

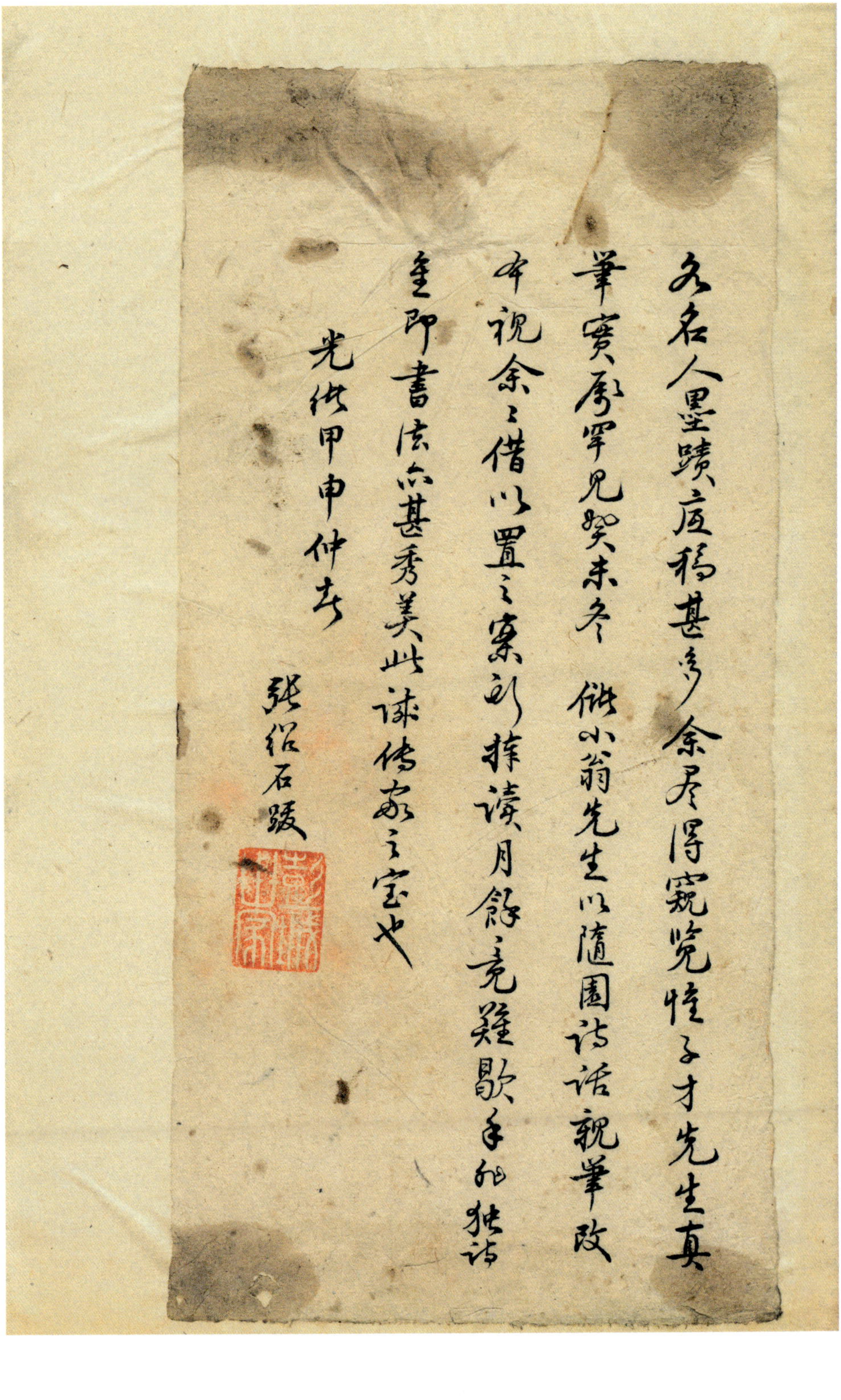
各名人墨蹟庋稿甚多余盡得窺覽惟子才先生真
筆實屬罕見癸未冬　從小翁先生以隨園詩話親筆改
本視余余借以置之案頭捧讀月餘竟難歇手非獨詩
全即書法亦甚秀美此誠傳家之寶也
光緒甲申仲春
張紹石跋